# 掌心迷路

てのひらの迷路

石田衣良
極短篇

王蘊潔——譯

# 目錄

號碼。

好想寫這種掌篇小說。可以隨心所欲、自由自在的發揮，感覺很好玩。奇幻小說、私小說、散文，每一種文體都很引人入勝。正當我閱讀川端康成的《掌小說》有如此感慨時，就接到了講談社A先生的電話。▼他問我有沒有興趣每個月寫十張稿紙，在他們家的社內雜誌上連載，內容以及結構可以自由發揮。當時，我手上還有連載中的小說，行程已經擠得滿滿滿。然而，最後還是抵擋不住可以隨意寫掌篇小說的誘惑。這本小說集中，匯集了我那兩年的成果。這是一本難得沒有考慮到讀者而寫下的作品集。▼如同小說的第一行是作品的生命，短篇小說的第一篇也極其重要。在我二十六歲那一年，母親因為腦溢血昏倒了。醫院加護病房外掛著的白板，和〈號碼〉中所描寫的一模一樣。只有女朋友來找我那一段是虛構的，其他的部分幾乎都是真實呈現。當時還是自由業的我，看到那個數字時，暗自下了決心。有朝一日，我要把它寫成小說。十六年的歲月流逝，如今，化成了這些文字。和小說之間的邂逅緣分，永遠都無法預期。

77

1

58

65

14

0

61

39

2

我茫然的看著眼前白板上的數字。在這三天期間，我每天會看十二個小時。即使閉上眼睛，這些數字也不會消失。我坐在深灰色的長椅上，以合成皮革做成的長椅坐起來硬邦邦的，好像根本沒有裝軟墊。走廊上，以一定間隔設置的螢光燈灑下潔白的燈光。這裡沒有窗戶，只在手錶上留下了一天的時間變化。第一天晚上，我把這張長椅當床，在黎明前，小睡了幾小時。

這裡是下町[1]總站附近的一家綜合醫院。掛著白板的走廊右側，有十二間用白色塑膠窗簾隔起來的加護病房。除非有人出入，否則，窗簾始終文風不動。看來除非這家醫院被拆掉，否則大概不會有風吹進這個房間。在這其中，有九間加護病房住了人，那些數字代表了病人的年齡，旁邊寫著手術日期和簡單的病情。

我母親是第三個數字，58。她已經昏迷了七十二小時。母親在外出的時候昏倒了，父親和我在三天前的晚上把她送進醫院時，她已經陷入深沉的昏迷狀態。

醫生認為是無法藉由手術恢復正常的腦溢血，要求我們做好心理準備。醫生經常說一些莫名其妙的話。比起因為忙著住院的準備工作、聯絡親戚而跑來跑去的正常人，母親的額頭、手掌和腳趾的體溫更顯得溫暖。

我和父親輪流守在走廊上。白天由蹺掉大學課業的我負責，晚上則由下了班的父親守在這裡。與其說是我們在醫院陪伴母親，不如說我們輪流維護著佔有這張長椅的權利。我喜歡看書，但守在走廊的時候，我無法看書，也無法翻閱雜誌。在等待母親死亡的這段漫長而麻木的時間裡，我曾經數度挑戰閱讀，但文字彷彿變成了乾澀的沙子，失去了原本的意義，離開我的視野。

父親和我沒有聊母親的事。現在聊往事似乎太早了，況且，我們都已經筋疲力盡。短短的三天之內，父親的臉瘦了一圈，眼睛也凹了下去。如果我照一下鏡子，自己的臉應該也差不多吧。我完全沒有食慾，為了避免再為醫院增加一名病患，只好按時吃飯，卻食之無味。

母親住院的第二天下午，有兩名說是她讀女中時代的同學來探視她。她們站在走廊上，隔著拉開的窗簾，注視著戴著生命維持系統的母親良久，其中一人開口說：

「她真的是一個好人，一個好母親。你不要氣餒，好好加油。」

她的眼眶泛紅。那番平淡無奇的話蘊藏著驚人的力量，令我內心的感情衝破平靜的心靈大肆潰堤。我第一次見到母親的這兩位朋友，不想在她們面前哭，然而，淚水還

❶指東京的低窪地區，包括東京灣附近的下谷、淺草、神田、日本橋和深川一帶。

是撲簌簌的流。

那是母親昏倒後，我第一次流淚。由於哭得太激動了，頭也痛了起來。我坐在長椅上，再度展開注視眼前白板上數字的作業。凝望著那九個數字的時間，是心靈最放鬆的一刻。數字沒有悲傷，也沒有喜悅，只是計算著病人曾經走過的歲月。九個人總計三百一十七年的期間，不知到底曾經發生了什麼事？

我把數字加加減減，消磨著我負責的時段。

翌日傍晚，女友來探病。她和我就讀同一所大學，專攻美國文學。她看沙林傑❷和羅斯❸的書，卻不看馬克吐溫和梅爾維爾❹的作品。我對大學裡的任何一個科系都沒興趣，所以，按照父母的希望讀了經濟系。那天是星期六，父親從長椅上起身迎接，她遞上一束白色百合花。那是進入梅雨季節前短暫的夏日，她穿著淡藍色和白色泡泡紗（seersucker）的短袖洋裝。略微緊繃的袖口下露出的手臂渾圓而豐腴，為加護病房的昏暗走廊帶來刺眼的光芒。

父親聽她說完慰問的話之後，很貼心地從錢包裡拿出紙鈔交給我。

「你們去吃點好吃的東西吧。」

「回來的時候，要不要給你帶便當？」我問，父親滿臉疲憊的搖搖頭。我和女朋友沿著走廊來到電梯大廳。當看不到父親的身影之後，我對落後我幾步的女朋友說：

「不好意思，可不可以請妳不要談我媽的事？我希望盡可能像平時的約會那樣。」

她抬起用藍色手帕掩著的雙眼，露出納悶的表情。

「既然你這麼說，那好吧。沒問題。」

雖然我不知道自己是不是沒問題，但還是笑著點點頭。我沒有告訴她，自從母親昏倒後，我總覺得自己好像飄在離地十公分的地方。

走出醫院玻璃大廳的出入口，我們走向車站。月台旁，有一幢巨大的車站大樓。我之前就讀的高中就在附近，因此，很熟悉大樓裡的情況。我們走上剪票口旁的電扶梯時，她用指尖握住我的手。我們不發一言，被電扶梯送向斜上方。

時裝、化妝品、皮鞋、書籍和ＣＤ。車站大樓內的商家陳列著任何一個車站大樓都可以看到的商品，這些向來無法吸引我目光的商品，卻在那一刻變得閃閃動人，顯得格

❷二十世紀美國文壇具代表性的作家，《麥田捕手》的作者。

❸指美國老牌作家菲力普・羅斯，《我嫁了一個共產黨》的作者，得獎無數。

❹Herman Melville，《白鯨記》的作者。

外富有魅力。

每一張手寫的價格標籤、放在櫥窗裡的金銀緞帶，以及經過精密計算的聚光燈角度，都不再是以推銷為目的的裝飾，而是為了使行人賞心悅目而投注的心力。

我握著她的手，順著電扶梯而上，為車站大樓的每一個樓層深受感動。來到頂樓的美食街時，我不禁潸然淚下，卻不是因為母親的命在旦夕。

我們走進一家義大利餐廳。通常我們只點義大利麵而已，那天晚上因為有父親的資助，加點了什錦開胃菜和米蘭豬排，還各點了一杯house wine。我們曾經為某件事乾杯，但理由我已經忘了。高達天花板的玻璃窗外，是都市車站耀眼的夜景。那是一次如夢似幻的快樂約會。

順著電扶梯下樓時，五樓正前方是一家運動用品商店。白色鐵絲網的展示架上，掛著各種競技用的鞋子。一雙鮮豔嫩綠色的麂皮慢跑鞋吸引了我的目光，當我拿在手上，觸摸到像天鵝絨般柔軟的皮革時，我已經無法不把這雙鞋子帶回家了。

我請店員拿出適合我的尺寸，當場換上那雙鞋，把舊鞋子裝進了紙袋。女友瞪大眼睛看著我，我卻什麼話都沒說。

和女友在車站的剪票口前分手後，我獨自回到醫院。父親在那張長椅上打瞌睡。我搖醒父親，叫他回家休息。父親抬頭看著我的臉說：

「看來，發生了什麼好事。」

雖然並沒有發生什麼好事，但我微笑著點點頭。目送著彎腰駝背的父親從走廊上漸漸遠去，我抬頭挺胸的坐在長椅的固定位置。腳下是一雙令人心動的嫩綠色慢跑鞋，這雙新鞋子在灰色的磁磚上，宛如從內側綻放著光芒。我用力注視著白板上的數字。

之後在加護病房外度過的三天期間，我的雙腳始終是嫩綠色。母親在住院第七天的黎明時分嚥下最後一口氣，當時，她的額頭、手掌和腳趾溫暖依舊。

我和父親坐在長椅上的那一個星期，有三個數字從白板上消失了。分別是母親的58、65和1。

# 旅行書。

〈旅行書〉的構想來自阿根廷作家博爾赫斯（Jorge Luis Borges）的一系列奇幻小說。我認為，有這種名字的人，理所當然的會成為寫出像迷宮般小說的作家。因為在博爾赫斯的小說中經常出現的書籍和圖書館極具魅力，我決定有朝一日，自己也要寫一篇以一本書為主角的作品。▼這本書的故事完全貼近每一個手捧這本書的讀者的心境，同時會配合故事情節，改變成不同的外貌。這本書在不同的讀者手中旅行，度過了數千年的光陰。雖然這個構想並不算是獨具匠心，但實際著手寫作時，卻令我樂在其中。▼作家總是絞盡腦汁，寫出各種題材的小說。然而，他們真正的理想也許並不是寫一百本書，而是完成像一本〈旅行書〉這樣可以打動某一位讀者的心，令讀者覺醒的小說吧？雖然暢銷書令人感到可喜可賀，但這樣的作品才是作家真正的理想。對了，我從來沒有寫過有關劍和魔法的奇幻小說，改天好好寫一本吧。

書並不知道自己是什麼時候出生的。

猶記得很久很久以前，曾經只是把樹葉綁在一起而已。不知道什麼時候，變成了手抄紙裝訂起來的冊子。書因應各個時代，不斷變化，在人類的手中不斷旅行，度過了百年、千年的歲月。

如今，書呈現出不同開本的單行本外貌。封面是一片灑滿朝霞的清澈天空，彷彿從印刷的深處綻放出光芒。書的厚度應該不超過三百頁，此刻正躺在昏暗地鐵通道旁一張不足為奇的長椅上，默默的照亮著周圍，等待有人出現。

在通勤的尖峰時間結束的十一點多時，男人邁著沉重的步伐走來。他在一年半前失業，這一天，他也去職業介紹所查閱了徵求中高年齡職員的資料。工作機會少得可憐。一個徵人廣告，往往有幾十個人應徵。內心僅存的希望在這十八個月內，帶著漸漸磨損的聲音逐漸動搖。資遣費也用得差不多了。男人看著自己腳尖的視線瞥到了長椅的角落。

（這裡竟然有一本書。）

難道是有人遺忘了嗎？生活陷入拮据後，男人從來不曾買過書。行色匆匆的都市人群，沒有人注意到這本被丟棄在這裡的書。男人坐在長椅上，拿起有著朝霞封面的書，隨意地翻了起來。

前面的五、六十頁全都是空白的，好奇怪的書。當他繼續翻閱時，發現文字浮現在白色的紙張上，宛如迷霧漸漸散開。

難道剛才眼睛產生錯覺，才會以為上面沒有印刷文字嗎？他覺得不可思議的翻了回去，發現那裡工工整整的印著第一行字。

那天下午，男人無事可做，開始看那本書。故事的主人翁是一個遭到公司裁員的上班族。處於相同境遇的男人看著看著，對每一個細節的部分都產生了共鳴。三十分鐘、一小時、一個半小時。男人渾然忘我的繼續閱讀，甚至沒有發現自己手上的書，厚度已經增加了將近一倍。

如果繼續看下去，可能會遇到傍晚的尖峰時段。男人把那本書放進陳舊的公事包，搭上了下行電車，準備回家繼續閱讀。

之後的幾天時間，男人活在書中失業的主人翁經過不斷奮戰，最終找到新工作之前高潮迭起的故事世界中。雖然男人整天窩在家裡，沒有出去找工作，臉上的表情卻是一年半前所不曾有過的開朗，就連男人的妻子也對原本意志消沉的丈夫的這種變化感到驚奇。

翌週的星期一，男人穿上洗衣店拿回來的白襯衫，繫上新的領帶，一大清早就出了家門。那本書放在他的公事包裡。男人覺得那個故事拯救了他。當他沉溺於虛構世界的這段期間，精神逐漸振奮，終於再度回到了這個世界。這是閱讀這本書的人才能感受到的魔法。以後或許還會遇到痛苦，但男人覺得這本書似乎已經帶給他足以承受這些痛苦的力量。

男人把書斜斜的放在商業街裡公園的鞦韆上。不知道為什麼，他覺得那本書在等待和新的主人相遇。也許是越來越淡，逐漸變成灰色的文字帶給他這種印象。書帶給男人很寶貴的東西。從今天開始，自己將再度踏入求職的行列，將會有其他人繼續看這本書。

男人從鞦韆上站了起來，最後瞥了一眼放在油漆剝落的鞦韆板上的書，走出了都市街頭的公園。

（因為，小餅乾死了啊。）

少年揹著書包，步伐沉重的穿越公園。假山、體能攀爬架、翹翹板和鞦韆。平時玩得不亦樂乎的遊樂器材，變成了毫無意義的怪物。小餅乾是少年出生後，就和他形影不離的迷你臘腸狗。十七歲的年紀對狗來說，已經算是長命百歲了，但少年還無法理解這一點，也無法接受死亡。

之所以會在鞦韆上看到那本書，或許是因為隔著淚眼，只看到那裡有一道柔和的光。少年鑽過柵欄，站在鞦韆旁，確認書的封面。封面是一隻灰底白斑的臘腸狗走在一片抽象的綠色中。

（和小餅乾長得一樣。）

少年看到封面的圖和死去的狗一模一樣，差一點歡呼起來。他拿起那本書。那是一本B5尺寸的橫長形繪本。雖然內容只有五十頁，但封面很厚，少年拿起來有點吃力。

少年坐在鞦韆上，打開了別人留在這裡的繪本。繪本描寫了一隻狗幸福的一生。一對年輕夫妻買了一隻小狗，十分疼愛這隻膽怯、經常鬧肚子的臘腸狗。不久之後出生的長子和這隻狗親如兄弟，晚上也會在同一張床上睡覺。經過無數個春夏秋冬，狗和少年成為彼此無可取代的好朋友。

然而，狗的時間和人類的時間不同。狗的年紀增長比人類快好幾倍，有朝一日，少年將不得不和狗離別。當臘腸狗在床的角落，被少年抱在懷裡死去時，牠的臉上露出滿足的表情。再見了，朋友，很高興能夠和你一起玩。

少年深受吸引，一口氣看完了這本書，完全沒有察覺自己已經淚流滿面。少年心想：

（這簡直就是小餅乾和我的故事。難道這是有人特地為我寫的書嗎？）

少年用雙手把薄薄的繪本抱在胸前踏上了歸途，準備晚餐之前再看一次。那天，少年在傍晚又看了一次，晚上睡覺前再看了一次。

這種生活持續了一個星期，少年內心失去小餅乾的痛苦漸漸淡薄。少年將一直熱中於這本書，直到曾經活潑好動的朋友身影再度栩栩如生地出現在他的眼前為止。

少年遇到那本書後的第二個星期天，他跟隨父母來到一家大馬路旁的露天咖啡座。由於他隨時都帶著那本臘腸狗的書，所以封面已經有點破舊，書頁的角落也磨損變黑了。當寵物店送來新的小狗後，曾經令他愛不釋手的繪本已經變得不再重要。因為，這次的剛毛迷你臘腸狗實在太可愛了。

吃完早午餐，一家人起身離席。當父母在櫃台結帳時，少年搶先一步來到寬敞的散步道上。那裡是都市的參道，山毛櫸排列在緩和的坡道上。

少年環顧四周，他確認沒有人注意自己後，踮起腳尖，把繪本輕輕放在好不容易才能夠碰到的山毛櫸樹枝上。

深綠色的書融入嫩葉中，看起來格外賞心悅目。樹木簡直就像是為了裝飾這本書而存在。

「小智，走了。」

聽到母親的叫聲，男孩衝向坡道下方。他在數公尺之外的地方突然停下腳步，回頭一看。咦，小餅乾的繪本封面是那種顏色嗎？在搖曳的樹葉之間所看到的，是溫暖的粉紅色，彷彿透過樹葉的陽光，發出溫暖的光芒。

少年遲疑了一下，但還是繼續衝下坡道。因為，星期天才剛開始。男孩消失在遙遠的坡道下方，只傳來球鞋鞋底留在人行道上的聲音。

這麼晴朗的天氣，竟然一邊走一邊哭，一定會被人笑死。只不過是失戀而已，在大街上哭泣太可笑了。雖然她很清楚這個道理，但撕裂的心頭淌著血。

對方是一個不值得相信的男人。為什麼壞男人偏偏具有致命吸引力？戀愛實在太諷刺了。年輕女子沿著長長的坡道走了上來，回想起至今為止一次又一次地犯下相同的錯誤，不禁哭笑不得。

這時，女人看到行道樹的樹枝上有一本粉紅色的書，宛如精品店漂亮的裝飾品。溫暖的顏色令年輕女子情不自禁的伸出手，陽光下，她用含淚的雙眼，看著翻開的書頁。潔白紙上的文字跳躍著。年輕女人深受只屬於自己的解開戀愛之謎的故事情節吸引，開始看起這本書。

完美的沙漏。

這真的是我獲得N獎後所寫的第一篇作品，如假包換。星期三得獎後，週末就寫了這篇〈完美的沙漏〉。不久之前，我受邀上電視。至於理由為何，我也不清楚。應該是我很少拒絕工作，也不會很難纏，所以，別人比較敢開口吧。▼在攝影棚內，我每次都對主播的時間掌控技巧欽佩不已。在現場轉播的節目中，傳來戴著耳機麥克風的工作人員的聲音。結尾需要幾秒？主播一邊讀著手上的稿子，一邊回答。

十五秒就夠了。即使我說得語無倫次，主播也可以正確把握時間，在節目的最後十五秒，漂亮的結束訪談。那應該是一項特殊的技巧。電視的世界也很奇妙，有許多可以寫成小說的題材。▼

這位女主播並不是根據某位特定的主播作為範本描寫。如果我真的遇到這麼漂亮、這麼令人生畏的異性，我可能會因為太害怕而忍不住緊緊抱住她，並且向她求婚呢。

推開毛玻璃門，眼前是一片夜晚的大海。岸邊密密麻麻的燈光，宛如為接近黑色的深藍色東京灣鑲了一圈光環。對岸是一條若隱若現的燈光虛線。

這裡是天王洲大廈頂樓的酒吧。吧台前坐著一個女人，白皙脖頸上有著一張五官清秀，但表情很冷漠的臉。一看到我，她原本沒有表情的臉上掠過一絲驚訝。

「啊喲，好久不見。」

我終於擺脫了令人頭痛的會議和之後展開的冗長的宴席，獨自來到這家酒吧避難，遇到了睽違一年的她。在電影情節中，往往會在浪漫的巧遇後，展開一段故事，但我沒有故事，也不抱有任何的期待。

即使如此，我還是走向光可鑑人的鋼琴烤漆吧台，當好人實在是一件麻煩事。

「是啊，好久不見。我經常在電視上看到妳。」

她是主播。之前我企劃的商品十分暢銷，當時奉公司之命，接受了眾多採訪。我曾經在差不多一年前和她共事過。一次是在白天的綜藝節目擔任來賓，另一次是在總公司的開發室錄影。在節目播放之前，我們曾經用電子郵件確認一些細節問題。

她的年紀三十出頭，是能幹冷靜型的女人。不同於年輕的後進主播，她不會藉由一些刻意安排的流程失誤或是可以原諒的錯誤，故意吐舌頭裝可愛；也不曾有過可供週刊雜誌報導的八卦緋聞，她只是腳踏實地完成自己的工作，屬於年輕一輩的中堅分子。

「剛才和同期進電視台的朋友一起來這裡喝酒，現在只剩下我而已。」

她心不在焉的看著吧台。吧台內不見酒保的身影，只有窗邊的桌子旁，有一對情侶。我淺淺的坐在她旁邊的酒吧椅上，以便隨時可以拔腿走人。她纖細的手腕上鬆鬆戴著古董勞力士表，玫瑰金的顏色已經變得有點暗沉。

「我把它當成首飾來用。這個手錶每個星期會快八十七秒。」

她表情嚴肅的說道。我之所以會注意她的手錶，是因為我依稀記得，之前她在電子郵件中曾經提到對時間很有興趣。

「這種準確程度已經夠了。」

她緩緩的以相同的振幅左右搖著頭，就像是調整到兩拍的節拍器。

「對主播來說，並不足夠。主播必須徹底將身體融入時間的脈流中，因為，掌控時間是我最重要的工作。」

因為我曾經在攝影棚親眼目睹過她的工作，所以，對這一點十分認同。即使新聞的內容改變，某位來賓的發言過長，她都能夠帶著親切的笑容，在分秒不差的時間內，用自己的語言恰到好處的加以總結，進入下一個單元。由於她控制得太自然了，因此，誰都沒有發現她的這項特殊技能。她從腳旁的皮包裡拿出某個東西，接著「咔嗒」一聲，放在吧台上。

那是玻璃沙漏。黑色的沙子彷彿有生命般的流下，在等待在下面的空洞中，形成一座小山。

「如果想正確掌握三分鐘，可以試試這個。」

她注視著我的眼神，就宛如流沙陷落般把我吸了進去。我拿著已經靜止的沙漏說：

「那我來測試一下妳對時間的感覺到底有多精確。」

她坐在一片夜色前笑著點點頭。我把沙漏倒放在眼前，用手遮住了。

「一百八十秒的時候，請妳告訴我。如果妳答對了，今天我請客。」

連續三分鐘盯著沙子流下來，是一件很吃力的事。在此期間，她把手放在吧台上，一副陶醉的樣子。在最後一顆沙子滑落的同時，她說：

「現在。」

我難以置信，看了一眼沙漏。上面並沒有任何玄機。

「好，今晚我請客。但是，為了證明妳不是瞎猜的，可不可以再試一次？」

她笑著點點頭，又從皮包裡拿出一樣東西。這一次是大型的馬錶。

「這個馬錶可以接收銫原子時鐘發出的校正波，每天都會修正為正確的時間。在東京可以收到福島局的校正波，你可以和沙漏一起測試。」

她嫣然一笑，這是在電視台時，絕對無法從她臉上看到的表情。眼前這個帶著醉意的女人突然令我感到害怕，好像有人用冰冷的手撫過我的背脊，背後豎起了一整排雞皮疙瘩。

我在操作沙漏的同時，按下了馬錶。

她和之前一樣，精確的在那一剎那說出「現在」。那是最後一顆黑色的沙子穿過玻璃瓶頸的瞬間。我在沒有看數字的情況下，就按下停止鍵，最後把眼光移向馬錶的液晶畫面。

剛好一百八十秒。而且，在代表百分之一秒的位置上，排列著三個零。我目瞪口呆的注視著沙漏和馬錶，她說：

「這個沙漏是我去工廠花了一整天的時間挑選出來的。我看了好幾百個，真正正確的，就只有這一個。」

沙子如煙霧般聚集在玻璃內。

「怎樣才能這麼正確地把握時間？」

她從我手中抽走沙漏，在我面前搖晃著。黑沙像液體般起伏著。

「把時間的脈流不斷分解，分解得比封閉在玻璃內的沙子更細；比起百分之一秒的數位更小。當花費幾年的時間，持續練習到極限時，時間就會變成閃閃發光的透明粒子。」

我知道，光具有波動和粒子的雙重性格。然而，卻從來沒有聽說過時間可以變成粒子。我問：

「所以，妳是一一計算每一顆粒子嗎？」

她表情嚴肅的點點頭。

「沒錯。一顆一顆計算，一旦到達這個境界，想要正確測量三分鐘，就好像可以說出今天是星期幾這麼容易。」

我因為工作而疲憊不堪，而且，眼前這個魔女般的女人令我感到害怕。我從內側口袋拿出錢包，正打算離開酒吧時，她瞇起眼睛看著我。

「你還是不了解我的意思。聽好了，當把時間徹底分解成粒子，就會發生有趣的事。我讓你見識一下。」

說完，她把沙漏遞到我的面前，緩緩的上下翻轉，用低吟般的聲音說：

「慢慢放鬆，不需要集中思想。把自己的心和沙子流下來的速度合而為一，同時，看著我的眼睛。」

說著，她把沙漏放在自己的額頭前，黑色的沙子從她的兩眼之間沉落。在她黑色眼眸之間，我覺得好像看到了猶如瀑布般發出轟隆聲沉落的粒子。那是清澈而透明的顆粒，每一顆每一顆上，都有著某種影像，遠處傳來沙啞的聲音。

「仔細看。」

我將意識的焦點集中在粒子上。宛如空氣中飄散的灰塵般的粒子，變成成熟果實般的大小，靜止在我的眼前。透明的球體中，有無數關於我和她的影像。一年前我們隔桌對坐的攝影棚；我走進酒吧那一刻的場景；計量完三分鐘後，她說「現在」的嘴形……然而，在眾多影像中，還有許多是我未曾見過的。我摟著她的肩膀，走在夜色中；我們一起在床上迎接晨曦；我們因為某件事發生爭執，她哭泣的側臉；走在去結婚登記時的人行道。她冷靜的臉總是出現在我身旁，總是正確的計量著時間。

我的頭髮漸漸變白，身體縮小了一圈，她依然陪伴在我身旁。數十年後，當我在醫院的病床上，渾身插滿管子，她仍然和我一起凝視著時間的粒子。

夜晚的酒吧內，我坐在酒吧椅上，差一點發出慘叫。

「我也不知道為什麼是你。當時間的粒子變成了最小單位，過去、現在和未來的一切，都會慢慢包含在其中。我和你命中注定會經歷那樣的人生。我在等你。從多年以前開始，我就在等待你推開那扇門。」

親眼看到臨終那一幕的瞬間，真是令人驚恐萬分。我無法繼續注視時間的粒子，所以把完美的沙漏從她的額頭上拿了下來，渾身顫抖著，用力抱緊她單薄的身體。

# 無業的天空。

繼幻想小說和驚悚小說後，我打算在第四則寫一篇私小說。這是年近三十的陽司的故事，和發生在我身上的事幾乎相同。我也曾經在某一天，毫無預警的辭職。當時的情況和這個短篇小說如出一轍。▼當時我很豪氣的辭去工作，回到了居住的橫濱。我在元町買了一件衣服，去元町PLAZA吃了蛋包飯。坐在山下公園的長椅上，讀了一本文庫本，再舒服地睡了一個午覺，這些情節都是真實重現。所有的一切，再度栩栩如生的呈現時，變成了令人懷念而又愉快的回憶。

▼之後的半年間，我在橫濱四處遊蕩。沒有錢、沒有工作，卻有足夠的自由時間。在當今裁員的時代，我無法大聲建議大家都去辭職，但辭職的確可以令人享受到充分的解放。為了體會那一剎那的自由，我曾經辭職過四、五次。▼至於當時看的小說，我翻遍整個書櫃，也找不到到底是哪一本。我認為，這無關緊要。書不需要永遠留在內心，在走過那一段路後，就可以忘記了。

為什麼辭職後，天空突然開闊起來？

田村陽司倚著電車車門，仰望著都市的天空。時序已經接近秋末，秋高氣爽的天空中，沒有一片雲，陽光變成一條條刺眼的斜線驅趕著空氣。平時他向來習慣看著地面的建築物，不知為什麼今天一直看著天空。電車的晃動感，以及經過軌道接縫處時有規律的震動，都令興奮的心感到格外舒服。

中午過後的東海道線上，有一半的座位都空著。在這節車廂內，只有陽司和一對情侶站著。今天早上，當自己比規定的時間晚五十分鐘到公司時，根本無法想像會在今天辭職。他已經在這家公司工作三年，是至今為止最長的一份工作。

陽司大學畢業後，曾經輾轉在好幾家文字工作室工作過。雖然他的功課不好，但看過不少書，對他來說，寫文章不是一件難事。他只是基於這個理由，找到了這份工作。

進入第一家文字工作室工作後，他知道了一件事。在小公司裡，越是優秀的人才會越早離開公司。不是換到一家條件更理想的公司，就是成為自由撰稿人進一步揮灑。留在公司的，都是年紀和實力有問題的人，很難做到以上兩點。

曾根主編是陽司的直屬上司，五十多歲，已經中年發福，有點駝背，總是蜷縮在桌前默默工作。他既無法設計出令人刮目相看的企劃，文章也寫得乏善可陳，更缺乏領導力。不要以為他和出版社和廣告公司的關係特別好，他待人不夠親切，也缺乏毅力，根本沒有任何值得借鏡的長處。他的個性陰沉，不時說一些令周圍人不知所措的冷嘲熱諷，激怒了客戶的承辦人，已經有好幾家公司把他拒於門外。

陽司是曾根小組的實質領導人。曾根不在的時候，由他負責主持會議，在預定的時間內，順利結束會議。主編不在的時候，會議可以在短時間內結束，也可以討論出理想的企劃。陽司手下的年輕組員很喜歡趁曾根不在公司的時候開會。

不可思議的是，會議往往會配合與會者中程度最低的人的水準。當這個人是主編時，開會就變成一大痛苦。曾根無法自己做出決定，他唯一的決定，只發揮在讓會議無法結束上。會議往往持續三、四個小時，卻毫無結論。

工作並不光是發想企劃或是寫稿而已，還包括必須承受和職務毫不相干的痛苦。而且這種雜事還佔了工作相當大的部分。陽司出社會後第一次知道那竟然是職場常態。

辭職的導火線發生在年終獎金的評定事件上。陽司在走廊上遇到其他小組的主編時，對方悄悄咬耳朵告訴他這件事。曾根給陽司評了最低等級的D。

「如果你繼續和那個老頭子在一起，絕對不會有前途。怎麼樣？要不要申請調到我手下？」

陽司已經無法將眾人公認很有能力的主編說的這番話聽入耳裡。他直接走到曾根的辦公桌前，用嚴厲的口吻質問他評定的理由。曾根低著頭，含糊其詞，根本不敢正眼看陽司的臉。陽司覺得和這種男人交涉根本是白費口舌，便直接衝去社長室。這一天，經常為了張羅資金而外出的社長很難得的出現在公司。

陽司向社長說明了理由。社長一臉不明就裡的樣子聽著他說話。陽司要求社長出面向曾根了解他評定考績的理由，這時，社長微微偏了偏頭，露出不耐煩的表情。此舉激怒了陽司。

「算了，謝謝你的照顧。我不幹了，改天會把辭呈和健康保險證❺寄到公司。」

他不顧張大嘴巴的社長，走出了社長室。同組的年輕員工在走廊上等他，甚至有女孩子哭了。

「田村先生，你真的要辭職嗎？」

助理川原擔心的問。陽司心意已決，心情反而變得很輕鬆。

「對，我辭職了。不好意思，我不想在這家公司多停留一秒鐘，可不可以請你幫我把私人物品裝進紙箱，我會在下個星期六來拿。」

陽司回到自己的辦公室，拿起早晨來公司時帶來的背包，頭也不回的走向出口。曾根害怕得不敢看他，像往常一樣，在辦公桌前駝著背。明天開始，再也不會看到這個男人了。為什麼沒有早一點辭職？事到如今，這一點反而令他感到不可思議。

他搭東海道線來到橫濱車站後，走到另外一個月台，換上了根岸線。因為時間的關係，電車內空空盪盪的。陽司在石川町下了車。他的單身公寓位在坡道上方，但因為閒著無聊，他緩緩走向相反的海港方向。

剛好是午餐結束的時間，元町大道上，幾個繫著領帶的上班族像水母般飄回公司。乾爽的太陽照射在蜿蜒蛇行的石板路上，感覺格外溫暖。

陽司逛了幾家平時假日經常光顧的名牌商店，非假日午後的元町，不見觀光客的人潮，散發出一種悠閒的氣氛。他在一家新開的男裝商店，拿起一條芥末黃色喀什米爾羊毛圍巾。圍巾的手感很飽滿，但兩萬圓的價格有點昂貴。陽司的銀行帳戶裡只剩下可以維持半年生活的餘額。

然而，他還是買下圍巾作為紀念。這是辭職恢復自由身的紀念。接下來的幾個星期，他也不打算找工作，要好好享受這種碌碌無為的時間。踏入社會後，陽司發現一件事：除非辭職，否則，在日本這個國家，根本不可能有長期休假的一天。圍巾是這份自

❺類似台灣的健保卡。

由的紀念品，絕對不能吝嗇。

他把圍巾圍在脖子上，繼續走在石板路的商店街上。銀餐具店、訂購家具店、皮包專賣店、進口食品商店。裝飾得像國外街道的這條路，不知不覺已經到了盡頭。陽司這才發現，自己還沒有吃午餐。

走進元町PLAZA，他跟著一群家庭主婦走上電扶梯。在二樓的餐廳中，選了一家他常去的西餐廳。這家餐廳承自父代的洋風醬汁（demiglace sauce）相當濃醇爽口，特別好吃。

因為已經過了午餐時間，人潮已經散去，他坐在吧台的座位，點了一份蛋包飯。陽司從皮包裡拿出一本文庫本，那是一本翻譯的推理小說。故事發生在西雅圖，中國黑道分子和當地的黑道展開「血債血還」的火拼。故事的主角是一名刑警隊長，他的兄長被當地黑道殺害了。這本書是槍彈射殺的場景絲毫不少於會話的動作小說。

陽司覺得這本書很不錯。遇到煩惱時，根本無心閱讀優雅探討人生苦惱的文學作品，故事情節緊湊的娛樂小說讀起來才能令人感到輕鬆愉快。然而，那些只能在生活平靜的時候才能閱讀的文學，本身不是也有問題嗎？陽司這麼想著，翻開了書頁。

蛋包飯做得很棒。他把半熟的蛋皮、雞肉飯和洋風醬汁攪拌成一團後，用湯匙送進嘴裡。市售的冰咖啡喝起來也不錯。

吃完飯後，陽司回到大馬路上，經過人形之家❻的天橋之後，來到山下公園。晴朗的天氣令他微微滲著汗，於是，他鬆開脖子上的圍巾，將之垂在夾克的衣襟前。

陽司坐在可以看到冰川丸❼的海邊長椅上開始看書。除了暴風雨的時候，這裡的海風聞不到海水的味道。當他看了五十頁、一百頁後，發現太陽漸漸下山了。這時，他感到眼睛很疲勞，便躺在長椅上，把翻開的文庫本蓋在臉上。在海風和海浪聲中睡午覺，這是他向來的習慣。

不知道睡了多久之後，他神清氣爽的醒來。天色還很亮。他看了一眼手錶，原來只睡了三十分鐘而已。不久之前向公司辭職的事，似乎已經是遙遠的過去。無論有沒有工作，對陽司來說，都沒有太大的關係。

只要能夠在秋日陽光照射的長椅上，看自己喜歡的小說，這樣就夠了。陽司向推著腳踏車叫賣冰淇淋的小販買了一個，繼續低頭看小說。天色暗下來之前，應該可以看完吧。手上的書只剩下高潮後的最後三分之一。

❻專門展示人偶的博物館。
❼停靠在橫濱港口的遊輪。

# 銀紙星。

我經常寫自閉的題材，應該已經寫過三、四次了吧。我認為，自閉是我們這個世代特有的病態。▼在學生運動頻繁的年代，經常發生內訌的暴力事件。那是在過度的正義感和濃密的人際關係的時代背景下特有的病態。二十年後，人際關係的淡薄和無法改變世界的無力感，使人們接二連三的把自己的家變成獨居房，關在家裡足不出戶。▼我在學生時代，曾經患有輕微的對人恐懼症，處於半自閉的狀態，因此，對這種心情感同身受。自閉時，別人在自己的眼中變得扭曲。有時候，覺得所有人都很美好，下一刻，這些人又變得貪得無厭，而且世界冷酷無比，根本沒有自己的立足之地。▼然而，這都是自己的內心產生的幻想。我們總是將自己內心的恐懼投射在他人身上。當我們看他人，或是看世界的時候，其實看到的是自己。希望有朝一日，你也可以突破自己。

他在大學三年級那一年的冬天，把自己關進了這個不規則七邊形的房間。起初，他去ＤＩＹ商店買了一張夜空圖案的塑膠貼紙，把它貼在鋁窗玻璃上。他的房間位於公寓的角落，騰空在樓下的大馬路上，來自南側的陽光一整天都很刺眼。

他對貼紙的效果相當滿意。這麼一來，窗外永遠都是黑夜。雖然離晚餐還有一大段時間，但他躺在床上。只要想睡，他可以睡很久。於是，他展開了獨居房的生活。一天睡十八小時，醒著的時候，茫然的望著夜空的窗戶。

最初的一星期，他的父母對他的自我封閉不以為意。他是家中的獨生子，生性喜歡孤獨，總是默默地沉迷自己的興趣愛好。他的成績很優秀，腦袋和品味也不差。應該只是青春期暫時性的憂鬱，只要順其自然，他自然會把門打開。然而，出乎他父母的意料，過了一個月，公寓白色新建材的房門仍然沒有打開。

父親忙於工作，所以由他母親對他展開說服工作。白髮越來越多的母親坐在坐墊上，隔著薄薄的門，娓娓談起有關他的回憶。剛出生時，他可愛的臉蛋就十分引人注目；上幼稚園時，體弱多病的他常常感冒；小學時代的他，又是多麼聰明開朗。母親知道第一次送他情人節巧克力的同學名字，也很自然的聊起了他在高中時，第一次交往的新體操社團的副社長。他坐在白色門前，聽著母親的談話。兩個小時過去了，話題聊到了他的未來。即使一直把自己關在房間，也無法解決任何問題。他總有一天必須踏入社會，找一份工作，自食其力。父母無法陪兒女走完人生的路，所謂教育，其實是培養兒女獨力生活下去的必要條件。

他很清楚，母親所說的話千真萬確，也充滿了母愛。他感謝父母，也很清楚如果繼續封閉在這裡，會和已經開始投入求職活動的大學同學漸行漸遠。他的內心十分焦急，身體卻無法動彈，無法伸手打開白色門上的門鎖，也無法回應母親的呼喚。之後的一個小時，他聽著母親啜泣的聲音，自己也好幾次紅了眼眶，但是最後並沒有流下眼淚。

天色暗下來後，母親離開門前，開始準備晚餐。他累得筋疲力盡，爬回床上，昏睡了十八個小時，完全沒有作夢。

過眠現象持續了三個月。睡眠時間越來越長，最後，一天之內，只有大約兩個小時可以起床活動。黎明時分的這個時間，他躡手躡腳的走出房間，洗澡，吃一點食物，再度回到房間。

在他自我封閉的這段期間，父母的視線漸漸變得十分可怕，讓他無法面對。每天早晨，就像是一場玩命遊戲。他嘆著氣，回到黎明的房間內，鎖上門鎖，才終於鬆一口氣。他找到了沉睡之前的小樂趣。那就是電視。他喜歡清晨時分播放大自然畫面的電視，也喜歡確認一天的天氣和最高、最低氣溫。

過眠之後，等待他的是失眠的季節。這是某種強迫行為的結果，並不是最初的原因導致失眠。他翻閱了幾本心理學的入門書，知道自己這種症狀很常見，但是就是不想動彈。一定是潛意識希望自己留在這個房間裡吧。

為了使室內更加舒適，他開始整理房間。

他把書架上的數百本書重新排列。先是按照作家的五十音順序，接著按照出版社的五十音順序。然後，再按照出版日期從新到舊、從舊到新，再來是按照價格的順序加以排列。

做完這些事，已經花費了十三個小時，然而，他無法中途而廢。他再次按照頁數、最後一頁的偶數或是奇數（這一次很簡單，三十分鐘就結束了），內文第一個字的五十音順序、用羅馬拼音表示作者名字時的ABC順序、ISBN碼的十位數總和的大小順序、封面設計者的五十音順序排列。書的排列方式多得超乎想像，他覺得自己發現了書的新樂趣。在開始進行排列工作的第二十七個小時，也就是用書名接龍的方式排到一半時，他倒頭陷入昏睡。

他房間裡的CD數量幾乎和書不相上下。在排列書籍的那一個月後，他又排列了一個月的CD。下一個月，他突然十分在意書和CD排列的關聯性，嘗試了各種組合方式，又耗費了三個月的時間。

他這個大學生的房間只有三坪大的空間，室內放著夏天和冬天的衣服，也有筆記用品、電器和基於個人興趣所蒐集的小汽車。他把所有的東西都重新排列後，度過了接下來的半年時間。大學的同學幾乎都已經找到了出路，充分享受所剩不多的學生生活。這時，他卻把衣物標籤抄到筆記本上，根據合成纖維的含量比例排列順序。為了使自己的身體適應聚酯纖維，必須從天然材質開始逐漸增加百分比。於是，他想到了排列書的新方法。

沒錯，可以根據文體和材質的自然度加以排列。為此，需要把所有的書重新看一遍，不過，反正在房間內的時間用之不盡。他已經發現一件事——時間在這個房間內停留，對靜止的時間而言沒有時效的問題。

他穿上百分之百純棉的T恤和長褲，套了一件百分之百羊毛（其中有百分之四十的安哥拉羊毛）的毛衣，拿起他認為應該最自然的一本描寫西伯利亞虎的傳記文學作品。他看了三本書，在中午過後進入了夢鄉。像往常一樣，一倒頭就呼呼大睡。短暫而痛苦的睡眠中，他作了一個夢。在藍色天鵝絨的背景下，星星發出微光。銀色的星星讓他在看到的那一剎那，渾身充滿懷念之情。

他哭著醒來，看著貼著塑膠紙的窗戶。

褪色夜空中的星星，並沒有夢境中的星星那麼璀璨。在每個角落都按照自己的喜好重新排列的房間內，找不到那顆美得令人心動的星星。由於剛醒來，他的呼吸急促，心跳加速，但仍然不由自主的陷入思考。必須找到那顆星星，那顆星星正是自己的引導星。

他有著年輕人特有的天真。在心理學方面，喜歡榮格甚於佛洛伊德。雖然兩者的理論他都無法理解，但喜歡與否和學說的正統性，以及在臨床的功效毫無關係。那天之後，他開始努力尋找星星。

他做的第一件事，就是打開鋁窗的鎖。那把鎖，已經有一年沒有開啟了。他鼓足全身的勇氣，雙手將鋁窗鎖轉動一百八十度。當然，他沒有完全打開鋁窗。當他打開三十秒後，很快又鎖上了。

在此期間，他都沒有呼吸，臉脹得通紅。下一次的目標是四十五秒。他看著手錶，再度把手伸向鋁窗。一星期後，在他醒來的時間裡，他都可以讓鋁窗上的鎖打開著。

翌週的第三天，他終於打開了鋁窗。前兩天因為沉重的鋁窗就好像被強力膠黏住一樣無法打開，所以他只好放棄。

那天，天氣有點寒冷，從早晨開始就下著雨。好不容易打開三公分的縫隙中吹進來的風，吹在他的鼻尖，也吹進了他的心裡。

雖然是陰濕寒冷的十二月，那陣奇妙的風卻很柔和，充滿活力。他已經一年沒有吹風了。他從窗戶的縫隙中看著灰色的天空，深呼吸了一次，便趕緊用力關上鋁窗，似乎要隔絕只要多吸一口就會致命的氣體。

翌週後，他打開窗戶的時間慢慢增加。無論天氣多麼寒冷，他都不以為意。只要是清醒的時間，他都穿上外出的保暖服裝，站在敞開的窗戶前。

即使天氣晴朗，都市的天空也像是撒了一層灰似的一片灰濛濛。無數大樓和住宅的屋頂參差不齊的伸向天空，取代了地平線。大街上罩著拱形屋頂，走進這個屋頂下的每一個人，似乎都有各自的目的地。

每個人都行色匆匆，目不斜視，沒有人注意站在高樓上張望的他。他已經有一年沒有看到同世代的異性，不由得感到一陣揪心的難過。

下個星期一，商店街的音樂變成了聖誕歌曲。他穿上聚酯纖維百分之百的外套，站在冬天晴朗的天空下。

低頭一看，發現對面麵包店的門口放著一棵聖誕樹。差不多有一個人高的聖誕樹頂上，有一顆銀紙做的星星，在深藍色的海報前，宛如他夢境中的星星般，發出微光。

他抓起一年期間都不曾用過的錢包，走向那道白色的門，想要近距離看看那顆星星。

孤獨的世界。

這是我在橫濱和某個女人同居時的真實故事。但是，當時並沒有這麼瀟脫，她的台詞也經過大幅度的修改。小說這種東西可以隨意虛構，真是太棒了。當時的分手情景也差不多就是這樣。

▼那時候的我還不曾寫過一篇小說，但或許我骨子裡就是作家。那天晚上，我竟然在想，既然遇到這麼悲慘的事，有朝一日，一定要把它拿來當作寫作的題材。而且，我完全不認為自己這麼想有什麼不對。如果我沒有成為作

家，根本就是瘋子。▼我在橫濱的房子位在離ＪＲ石川町車站走路十分鐘的山丘上。假日的時候，經常散步走到外國人墓園和可以看到海港的丘公園。即使現在，看到以橫濱為舞台的小說，我也會情不自禁的拿起來翻閱。我很認真的考慮過，有朝一日，要在橫濱租一間小公寓，作為自己的祕密基地。當然，我不會告訴任何人地址和電話。橫濱街上行人的腳步比東京稍微慢一點，直到現在，我仍然很喜歡那裡。

分手談判在晚上十一點拉開了序幕。

她一回到家，就正視著我，告訴我她有話要說，叫我坐在餐桌前。

她連身上的粗呢大衣都沒脫，圍巾則在脖子上繞了兩圈，宛如要用來保護自己，避免受到外來的侵害。我已經洗過澡，在睡衣外套了一件室內穿的舊毛衣，頭髮也濕濕的。

「我認為，我們無法再一起生活下去。」

她臉色蒼白的說著。她的雙手規矩地放在腿上，正襟危坐的樣子好像在拍紀念照。我驚訝得說不出話。

「我知道你是一個好人。在工作上很能幹，也很聰明，無論下廚、洗衣服和打掃等任何家事，都做得比我好。在我所認識的人中，你的網球打得最好。我第一次遇見你時所說的話，至今仍然沒有改變。」

我們共同生活了兩年。她突如其來的對我說這番話，簡直令我無法呼吸，好像有人挖走了我的內臟。不是腦袋，而是身體變得空空的。

我努力擠出一個聲音。

「我不記得妳對我說了什麼。」

她臉色蒼白的笑了笑。我從來不曾像這一刻覺得她竟然這麼美。

「我說，你很出類拔萃。不光是我剛才說的那些，你溫柔體貼、敏感、熱心研究工作，做愛也是最棒的。」

我看著她，想說一句玩笑話，但她的表情很嚴肅。

「謝謝，但是，妳還是決定和這個最棒的人分手。」

她微笑點頭。她的眼中有一層薄薄的淚幕。

「嗯，對。」

我已經設法克服了衝擊的第一階段，終於可以問我最想知道的事。我的聲音有點沙啞。

「為什麼？」

她緩緩搖頭，臉頰放鬆，試圖擠出一個笑容。她按著眼角，眼淚像玻璃珠般滑落在她的圍巾上。淚珠維持圓圓的形狀停留了片刻，終於融化般的被圍巾吸收了。

「即使你和我生活在一起，你還是那麼孤獨。我以為，有朝一日，我會打破那道牆，帶你走出去。我不是笨蛋，況且，我很愛你。所以，我相信，有朝一日，一定可以把你帶到外面的世界。但是我現在才發現，我太自以為是了。」

我聽不懂她在說什麼。我在公司的時候，工作能力比別人強，和朋友相處也很融洽，雖然最近有點煩惱，每天比較晚回家，但我和她的生活很愉快。總而言之，我們兩個人的生活很ＯＫ。我甚至隱約認為，只要繼續維持這種生活，我們早晚會結婚。她解讀出我的表情，說：

「你工作不是為了升官發財，只是想要獨處，所以，只好無奈的工作。雖然你沒有認真投入，但還是輕而易舉的得到水準以上的結果。所以，一旦做到任何人都心服口服的程度，之後就什麼都不想做。對你來說，工作根本無關緊要。」

她說得沒錯。對我來說，工作從來就不重要。無論多麼重要的會議或是簡報，我之所以能夠輕鬆以對，就是因為對我來說，這些事根本沒有太大的意義。我維持沉默不語。

「不光是工作而已，你對他人溫柔體貼，是因為你想要和對方保持距離。當對方靠近你時，你就變得格外敏感。你天生就很靈巧，既可以表現得很有社交能力，也可以表現得像冷酷的聰明人。不光是工作，你在和朋友交往時也一樣……」

她停頓了一下，深深的吸了一口氣。她的聲音很輕，好像在呢喃。

「……戀愛也一樣。我和女性朋友商量後，大家都反對我的決定，認為我根本不需要和你分手，放棄你太可惜了。但是，我一直看著你利用這份天生的靈巧，在自己的周圍築起一座高牆。這兩年來，我們曾經度過許多愉快的時光，也曾經去旅行，交換禮物。我家人對你的印象也特別好。不過，我已經忍無可忍了。即使我們牽著手，也像是一個人在走路；即使深夜相擁，你仍然是孤獨的。我不夠堅強，無法一直陪伴孤獨的你一直走下去。從今以後，我想和真正需要我的人一起生活。」

她流的眼淚絲毫不少於她的話語。眼淚很容易感染，我也在不知不覺中哭了起來。

我之所以無言以對，是因為她的話語直直的刺進了我的胸口。說出真相的話語，總是具有可怕的力量。她流著淚，露出微笑。

「但是，我相信我永遠都不會討厭你。即使和別人交往，也會忍不住和你比較。也許會在和別人共同生活的同時，深深覺得自己做了一個很可惜的決定。是不是很好笑？」

她放聲大哭起來。我一邊陪著她一起哭，一邊點頭。因為，她是真心的。一旦她做出了決定，任何人都無法阻止她，任何人都無法動搖她想要分手的意志。我也無法改變我的生活方式。經過了將近三十年，終於和這個世界達成妥協。對我來說，世界並不是一個舒服的地方。

「不過，真遺憾。」

她抬眼看著我。

「遺憾什麼？」

「我還以為我們可以永遠在一起。等到有朝一日，當我以某種方式成功時，我以為妳會陪伴在我身邊，為我感到高興。而且，我會希望有朝一日，可以和妳結婚，共組家庭。」

她穿著大衣哭泣不已，把手伸到桌子中間。我握著她冰冷的指尖。她看著我的眼睛說：

「我也曾經希望，有一天可以成為你的新娘。但我早就知道，這是不可能的事，我相信，有朝一日，你會用我意想不到的方式獲得成功。因為，你本來就是一個與眾不同的人。你不會想要別人理所當然接受的東西，即使別人拿再好的東西給你，你也會說我全部都不要，然後把它們丟棄。除了你真心想要的東西以外，你什麼都不要，你就是這樣的人。」

這時，她的嘴角微微上揚。

「但是，你想要的並不是我。我可不可以最後問你一個問題？你真的喜歡我嗎？」

我認為，即使再親密的人，也有絕對不能發問的問題。我無法立刻回答。她握著我的手，很有耐心的等待著。

「我喜歡妳，但或許不是妳希望的方式。不過，我不太了解如何用和大家相同的方式喜歡一個人。」

她又笑了起來。

「不用勉強。我和你在一起的時候，從來沒有感覺到你愛我。不過，我很愛你，所以，我並沒有後悔。」

「但是，妳仍然要和我分手。」

「對，和你分手後，我會後悔。」

我從椅子上站了起來，從背後緊緊抱著坐著的她。

雖然第二天還要上班，但那天晚上，我們聊起往事，直到凌晨四點。回憶源源不斷的湧現。一旦決定分手，再不足為奇的事都恢復了往日的燦爛光芒。第二天早晨，我送她到車站，然後打電話到公司，請了休假。然後，哭著笑著，一整天都漫步在冬天的橫濱街頭。

至今為止，已經過了將近十五年的光陰。我寫下這個短篇小說，確認青春時代的結束。我莫名其妙開始寫小說，我的書莫名其妙出現在書店。我希望，寫作不是我築起的另一道牆。至於到底是怎麼一回事，其實我也不太清楚。

她和我分手後，和別的男人結了婚，又離了婚。我們至今仍然是好朋友，她說很可能會和她的青梅竹馬再婚。我希望她可以幸福。因為，她值得。

天才
女服務生。

天賦異稟的人可以在小說中綻放光芒。然而，天才有各種不同形式。我們很容易聯想到莫札特、法國詩人韓波這些悲劇的天才，其實，才華的形式很豐富，無法一概而論。我認為，無論服務生、清理煙囪，或是挖耳朵的行業，都有天才。這個世界上的各行各業中，存在著無數如假包換的天才。因為他們的存在，才能夠使這個有點脫線、不夠完美的地球繼續旋轉。▼比起浪漫的悲劇性天才，我更欣賞像這則短篇中所寫的，能夠帶給周圍人幸福的才華。因為，任何人都不敢在莫札特面前哼歌，如果韓波從鍵盤後方探出頭來張望，恐怕很難用浪漫這個字眼來形容。▼故事中的女服務生確有其人。那是我一位廣告撰稿人朋友的妹妹，當初是在喝酒的時候，大笑著聽他說了這個故事，我並沒有親眼見過她。所以，我有點擔心她看了這個短篇，不知道會有何感想。

我是在兩年前的冬天，遇見這位天才女服務生。那天，為了談工作的事，我走進神樂坂後方小巷內的一家小餐館。看起來像是山中小屋的透天厝既不會給人高級的感覺，也不像會提供什麼獨具匠心的菜色。

餐館裡沒什麼客人，除了我們以外，還有一桌也是出版業的客人。很奇妙的是，光是聞味道，就可以感受到對方是同行。

我們一行四個人，點了生啤酒和幾道下酒菜，又各自點了主菜。服務生是一個圓臉的豐腴女孩，上半身很魁梧，但穿著白色絲襪的雙腿很修長緊實，有點像在電影中看到的國外啤酒吧的女服務生。她那體型宛如球形的身體上長著像木棍般的手腳。她的手腳緩緩擺動著，穿梭在店內。

我們點了七、八道菜，就像所有任性的編輯一樣，對每道料理都有特別的要求。她笑臉盈盈的聽我們點完菜，沒有複誦就走進了廚房。

當時，我們並沒有特別在意她，吃完送上來的料理，盡情的聊著出版界的八卦消息。在東京，每天晚上都有數十場這種編輯和作家之間的討論。

一年之後（之前那本書頗令人滿意，也令我很有成就感），為了討論新作品，再度造訪了那家餐館。因為，我對高級餐廳敬而遠之，喜歡輕鬆自在的地方。那家餐館雖然看似普通，但料理和服務都無可挑剔。

女服務生把我們帶到和一年前相同的桌子。這次因為時間比較早的關係，並沒有看到其他客人。她對我們說：

「是不是要四杯生啤酒？」

我和其他人互看了一眼後說：

「對，還有。」

「要點什麼菜？」

大家紛紛打開菜單。女服務生說：

「你們去年冬天來的時候，點了烤小羊肉、鯷魚義大利麵、炸明蝦和鮮貝，還有蘇格蘭蛋。」

其中一名編輯瞪大了眼睛。

「妳全都記得？那妳知道我們上次點的是什麼沙拉嗎？」

女服務生輕鬆的說：

「魚卵洋芋沙拉、蕈菇沙拉配日式沙拉醬。還有，這位先生……」

她轉頭看著我，輕輕笑了笑。

「要求把炸海鮮中的鮮貝換成牡蠣。」

在場的所有人一陣譁然。我問：

「妳都記得？」

女服務生紅著臉，點了點頭。她並沒有得意洋洋，也沒有搽腮紅，而是原本就是健康的玫瑰色臉頰。另一位編輯問：

「那妳也記得客人的長相和名字嗎？」

她圓圓的臉偏向一側。

「不，沒那麼厲害。不過，我不會忘記客人點了什麼菜，以及有沒有吃得津津有味這些事。雖然我並沒有特別留意，但對感覺不太滿意，或是沒有吃完的客人，自然而然會印象特別深刻。」

我立刻產生了想採訪她的衝動。可以寫成小說的有趣題材不是存在於那些珍奇的材料中，而是存在於日常遇見的普通人身上。我問：

「妳來這家店多久了？」

「差不多兩年半。」

編輯發出驚訝的聲音。

「妳可以記住這兩年期間，所有客人點過的菜嗎？」

年輕的女服務生鎮定自若的點點頭。我感到太不可思議了，忍不住問她：

「假設一天有五十名客人，各點兩道料理，總共有一百種。以一年兩百天來計算，兩年半就是五百天。妳可以把五萬道料理全部記住嗎？妳能不能寫在紙上？」

女服務生說了聲抱歉，轉身離開後，拿了四大杯生啤酒走了回來。她的手臂很粗，但很柔軟。年輕女人往往很在意自己的手臂太粗，卻不知道健康而飽滿的手臂比瘦巴巴的手臂更有魅力。

「並不是像電話簿那樣按照順序記住，有點像是把客人和寫著料理的卡片隨意丟進抽屜裡收好的感覺。」

一位編輯問道：

「這麼說，並沒有特殊的記憶法嗎？」

「對。只要看到客人走進店裡，就會自動浮現出他以前點過的菜，最喜歡吃的是哪一道菜，以及是不是吃得津津有味，就像快速播放的錄影帶一樣。」

我不由得欽佩不已。

「妳記住了幾千人的資料。」

「這並沒有什麼。」

「我下次可不可以採訪妳？我是寫小說的，很喜歡了解別人的事，因為這對我的工作有幫助。我可以請妳吃妳喜歡的東西。」

聽到採訪時，絲毫沒有表情的她，一聽到我說要請她吃美味佳餚時，立刻笑逐顏開。我立刻見縫插針。

「妳現在想吃什麼？」

她毫不猶豫的回答：

「雞。」

在場的所有人都哈哈大笑起來。她在說「雞」這個字時，好像口水都快流下來了。她的語氣不卑不亢，令人感受到健康的欲求。我笑著說：

「沒問題，下次我會預約一家好吃的土雞店。」

下一個週末，我和她相約在惠比壽的餐廳。這家用石窯慢火烤出來的土雞餐廳十分有名。她說她的食量很驚人，所以，我點的一整隻雞已經送到桌上。微焦的皮亮晶晶的，皮下的雞肉像白肉生魚片般富有光澤。我正準備下刀時，她說，她想要試試。

她好像在進行腦部手術般，用刀叉正確而俐落的切開了烤雞。雞胸肉、大腿肉和塞在肚子裡的燴飯漂亮的裝在三個盤子上。我道謝後，開始吃燴飯。我喜歡吃米飯。吸收了雞的油脂和高湯的米飯美味無比，而且帶有迷迭香和白牛肝菌的芳香。她用比我快一倍的速度吃著烤雞。

「妳的食慾真旺盛。」

「對，我最喜歡吃了。大家回憶孩提時代的時候，通常會說去迪士尼樂園玩，或是大人買玩具給他之類的事吧？」

我點點頭，看著她把橄欖球那麼大的雞吃掉了一半。她的食量真令人感到暢快。

「不過我只記得在哪吃過什麼東西。小學的時候，第一次吃菠菜牡蠣燴飯，國二的時候吃了丁骨牛排，讀高中第一次約會時，吃了白醬披薩，都是令我難忘的美味。」

說著，她拿起了雞腿骨，用門牙把雞肉從骨頭上撕了下來。隔著半透明的雞骨，可以看到帶著血色的骨髓。

「不好意思。」

她雙手用力，隨著「啪」的一聲，把雞的大腿骨折斷了。然後，面帶笑容的抬眼看著我說：

「裡面的骨髓很好吃。」

她把斷裂的地方放在嘴唇上，吸著骨骼的精華。我看著她吃得津津有味的樣子，完全忘記採訪。這絕對是一種才華。我喝著葡萄酒，不禁思考著。她發自內心享受其中，也給周圍人帶來了快樂的波動。

「還要點什麼？」

我滿懷幸福的心情，請服務生送上菜單。

0.03mm。

這次因為適逢另一本小說雜誌的截稿日期迫在眉睫，所以我完全沒有做任何準備。時間在煩惱中一點一點消逝，截稿日也漸漸逼近。我轉念一想，乾脆利用這份焦躁感作為創作的主題。▼對了，以前曾經聽過邦喬飛的專輯，有一首曲子設定的場景，就是人妻正在和情夫翻雲覆雨時，丈夫回來了。〈Damned〉以扎實的吉他前奏彈奏出很有搖滾風格的音樂。不然，就借用這種感覺寫十張稿紙吧。▼於是，我就在事先完全沒有概念的情況下，不斷重複播放這首曲子，寫出了這篇短篇小說。在一切由讀者決定的一般小說雜誌，很難用這種方式創作。無論結果如何，倒是讓我充分享受了寫掌篇小說的樂趣。▼順便告訴大家，收錄這首曲子的「These Days」是一張很棒的作品。IWGP（《池袋西口公園》）系列《骨音》的主題，就是源自與唱片同名的歌曲。說起來，〈熱血少年〉的名字我好像也是向Warren Zevon借用的。無論如何，我的小說似乎和音樂很契合。

良之打工的便利商店位在老舊國宅內。螢光燈的光線很暗淡，二十四小時營業的這家店，在屋齡已經三十年的國宅中央廣場內，宛如一座燈塔。

他的打工時間是從晚上十一點到凌晨五點，總共六個小時。一個不冷不熱的春夜兩點多，那個女人走了進來。通常，深夜的客人不是學生就是上班族，而且幾乎都是男人。女人看起來像是家庭主婦，身上穿的並不是代替睡衣的運動服，當自動門開啟時，她身上的薄質禮服裙襬微微飄了起來。

女人趿著拖鞋在店裡走來走去，在雜誌架前無趣的翻閱著女性雜誌和漫畫。最後，女人來到收銀台旁的藥品區。良之的視線情不自禁的被她披著散亂頭髮的肩膀和柳腰襯托出的豐滿臀部所吸引。雖然她的身材和完美沾不上邊，背影卻格外撩人。

女人拿起什麼東西，回頭放到櫃台上。她手指上戴著一只細細的白金戒指。白色小盒子上，用大大的黑色哥德字體驕傲的印著0.03mm。那是用最新技術創造出劃時代薄型材質的保險套。

「這個真的那麼薄嗎？」

良之答不上來。他還沒有用過這種新產品。

「……我不知道。」

「是嗎？那算了。」女人從口袋裡拿出一張皺巴巴的千圓紙鈔。

良之在找零的時候沒有看女人的臉。女人走出便利商店時，吹來一陣溫熱的夜風。良之貪婪的目送著她的背影，仔細的把潮濕的紙鈔撫平後，放進收銀台。

四天後，良之再度遇見女人。那是一個下了好幾場春雨的午後，良之從大學返家的路上，看到女人和幾個同年紀的家庭主婦走在一起。女人先發現了良之。女人和其他主婦一樣，穿著牛仔褲，用視線向良之打招呼。

正當良之垂下眼睛，準備和她擦身而過時，女人開了口。

「便利商店的小哥，那個真的很不錯喲。」

良之驚訝的看著女人，女人用調皮的眼神看著他。另外幾個主婦並沒有察覺女人這句話背後的意思。良之覺得女人在挑逗自己，便紅著臉，匆匆離去。明亮的光線中，他看清楚女人的年紀差不多三十出頭而已，比良之年長將近十歲。她既不漂亮，也不可愛，散發出一種自暴自棄的頹廢感。然而，一直到他回到位在國宅角落的自家之前，女人挑逗的眼神始終在良之的腦海中揮之不去。

這天深夜兩點多，女人再度造訪。夜晚有點涼意，女人卻穿著透明材質的敞領洋裝。這一次，她毫不猶豫的走到收銀台前，從架上拿了相同的小盒子，放在收銀台上。

「你打工到幾點？」

雖然覺得女人在調侃他，但良之還是據實以告。

「早上五點。」

「是喔。」女人從錢包裡拿出一張千圓紙鈔。她把錢包伸到良之的面前，讓他可以清楚看到錢包上圓形透明的部分。G301，那是用鉛筆寫的房間號碼。女人接過找的零錢時，神態自若的說：

「我還不會睡覺。」

良之的體內翻騰不已。腹部下方的激動震撼了每一個內臟後，竄到胸口。他的心跳不再是一次一次的跳動，而是兩次兩次一起跳。

「謝謝光臨。」

良之聽著自動門關閉的聲音，為自己能夠發出如此平靜的聲音感到驚訝。

良之壓低針織帽的帽簷，把手插在牛仔褲前方的口袋，走在寬敞的國宅內。黎明的空氣清澈刺骨，整個肺都冷卻下來。然而，良之的心臟仍然跳動著令他不自在的節奏。下班的時候，明明已經決定不會去了，此刻自己卻走向與自家相反方向的G棟。

（只是去看看而已，只是去看看她是不是真的沒睡。）

良之這麼告訴自己，仰望著水泥牆上已經爬滿裂縫的建築物。長方形的四層樓建築和其他十七棟房子沒什麼兩樣，在當今的時代，已經很難找到這種沒有電梯的房子了。牆上用油漆寫了一個巨大的G字，感覺還有點濕濕的。仰頭看著的前方，只有一個房間還亮著燈。窗戶上拉著已經曬得有點褪色的淡藍色窗簾。

良之看著燈光，走向樓梯。他只打算看一看301室的門而已。雖然他知道這裡國宅的鐵門，都漆著比牆壁水泥顏色更明亮的灰色，但他還是無法不親眼確認一下。然而，當走廊上的螢光燈變成和黎明的天空相同的亮度時，良之已經無法離開了。

他明明沒有做任何事，門卻緩緩的打開了。

女人伸手把他拉了進去。他還來不及發出叫聲，女人張開的嘴唇已經吸了過來。女人一邊親吻，一邊用雙手脫下良之的牛仔褲。狹小的玄關，打開皮帶釦環的聲音聽起來好像槍聲。女人含著還沒有洗過的陰莖，仔細的用舌尖舔去污垢，繼續吸吮至完全充實，才發出濕潤的聲音，把嘴唇移開。

她好像在脫T恤般從頭上把洋裝脫下，丟在玄關。她沒有穿胸罩。像一個小橘子般的大乳暈和周圍豎起的毛孔，令良之無法克制。女人就像牽著牛一樣，握著良之的陰莖走了進去，才終於開口說：

「去臥室吧。我裡面比外表更讚，你可以馬上進來。」

沿著昏暗的走廊走了幾步，就到了臥室。這裡和良之與父母同住的房子格局相同。老舊的床旁放了一張鋼管椅，那個小盒子敞著口，放在已經出現裂縫的塑膠椅面上。女人用尖尖的虎牙咬破袋子說：「這個我最拿手。」然後把新型保險套含在嘟成圓形的嘴唇上。她完全沒有用手，直接把陰莖吞到根部，鬆開嘴，確認有沒有戴好。

「這樣就ＯＫ了。」

女人嫣然一笑，將坐在床上的良之從肩膀往下推。良之發現，這是他第一次看到她的笑容。她的笑容很棒嘛。然而，他的從容只到這一刻為止。下一剎那，女人露出貪婪的表情，跨坐在良之身上。當良之的下體完全被吞噬時，他有點慌了手腳，但已經為時太晚。良之被女人從腹底深處傳遞出的節奏所吞噬，不容他有絲毫機會重振旗鼓。

女人的做愛沒有絲毫的忸怩。廉價、狡猾，毫不客氣。良之深陷其中。那是他在大學同年齡女人身上無法感受到的無盡肉慾，那種熱量足以蒸發每個人為了維持安穩的日常生活而戴著的假面具。

只有和女人在一起的時候，良之覺得自己是自由的。在彼此藉由肉體追求快樂的時候，他們之間沒有任何禁忌。對方的渴望是無法違逆的命令，那是一種自發性的服從。施者和受者會在轉眼之間交換角色，兩者之間只有微小的差異。黎明前的臥室，變成了除了床鋪以外，沒有任何東西的樂園。

良之每星期有三天會在打工結束後，造訪女人的家裡。她丈夫是長途貨車司機，很少在家。良之從客廳櫃子上的照片看過這個男人。男人的胸膛很厚實，肩膀很寬，戴著一付早就退流行的塑膠框眼鏡，看起來很老實。

春天快要結束的某個黎明。從良之第一次造訪G301，即將要滿兩個月了。女人數度衝上顛峰後，背上香汗淋漓。良之離開女人的背，仰躺下來，看著天花板。這裡貼著和自己的房間相同的白色塑膠壁紙。低頭一看，發現保險套的前端拉得很長，垂在陰莖前端，好像被雨淋濕的鯉魚旗。

保險套還在。良之正打算把薄如蜻蜓翼的保險套戴好時，遠處傳來那個聲音。外面樓梯傳來腳步聲。腳步聲很沉重，他直覺認為是男人的腳步。這種時候，會是誰呢？

從樓梯傳來的腳步聲在三樓停止。良之屏氣凝神的豎耳靜聽，發現腳步從走廊上慢慢靠近。女人抬起頭，撥了撥被汗水黏在額頭的頭髮，注視著良之的眼睛。腳步聲在門口停了下來。女人說：

「反正已經被發現了，不如最後再放進來一次。」

還剩多少時間？良之重新戴好保險套，滿腦子都是昏暗走廊盡頭那道灰色鐵門。

# 書架和旅行的男人。

這是第二篇以書為主角的掌篇小說。寓教於樂的幻想小說很適合一下子就看完的十頁稿紙格式。寫這個短篇也是一次愉快的經驗。▼看著寫作的參考資料，很羨慕十七天十六夜的豪華遊輪行程。參加這種行程的船旅時，我也要帶一個特別訂做的行李箱，裡面裝著想要慢慢閱讀的一百本書。雖然很想這樣奢侈一下，但在時間上根本不可能。光是想像在船旅時還要被截稿期追著跑，就已經頭痛不已了。▼故事中的老人所說的，專為自己寫的理想書，其實並非不可能。世界上有無數的人，也有無數的書。其中的一個人，和其中的一本書是獨一無二的完美組合，這種可能性並非完全不存在。只要找到這本書，在接下來的人生一次又一次的看這本書，這也就夠了。這種閱讀生活也不錯。▼順道一提，我個人的想法也隱藏在故事主角所說的話中。好書可以相互扶持。如果有很多好書，就可以豐富彼此的生活，也更增添快樂。

任何人的人生都可以在某一個時間點重新開始。我在四十歲後的第一個春天，迎接了這個時刻。我和學生時代的朋友一起創立的軟體製作公司經營得十分順利，好幾個使用在郵件和網路上的加密軟體都十分暢銷。然而，事業過度順利反而導致危機四伏。

我們的公司規模雖小，卻富含營養，因此吸引了更大的捕食者。剛開始，對方提出條件十分理想的投資計畫。於是，大型網路公司的人員開始進出公司，不久之後，學生時代的朋友夥伴提出新的擴大計畫。我們公司已經失去了原本和樂融融的氣氛。

幾個月後，我把手上的持股全都賣給了朋友和那家大企業，離開了那家公司。在人生的中途，獲得了讓餘生不愁吃穿的金錢。我相信，沒有人可以想像那是多麼空虛的一件事，每天二十四小時都飽嘗無趣的滋味。

原本就已經降到冰點的夫妻關係也同時陷入了無法修復的狀態。事到如今，我應該感謝我們夫妻沒有生孩子。我拿出賣掉公司的錢，支付了足夠的贍養費，解除了婚姻關係。一張離婚協議書和一張銀行匯款證明，結束了十二年的夫妻生活。

無論在工作還是私生活上都無所事事的我，嘗試了無所事事的人所做的事——參加國外的長期船旅。我想反省一下以往的人生，也希望好好思考自己的餘生。旅行無疑是最佳的選擇，但我因為陷入了憂鬱狀態而疲憊不堪，根本不可能感到什麼愉悅的心情。只要參加船旅，船就會自動把憂鬱的我帶入不同的風景中。

我挑選的是十七天十六夜從夏威夷到大溪地的航程。遊輪全長一百九十公尺，共有十二層甲板，有兩座九千馬力的柴油引擎。最頂樓的十樓有四間皇家蜜月套房，我的房間就是其中之一。一個人住顯然過度寬敞的七十平方公尺房間內，有一個浴室，還有一個可以欣賞大海的小陽台。

只有第一天令人感到欣喜。我在宛如小城市的遊輪中四處探險，和其他旅客打招呼，欣賞天空和海水的變化。然而，從小在都市長大的我，過了三天，就看膩了碧藍的海平線和在天空中發亮的積亂雲。為什麼大海總是不知疲倦的擠出細紋，露出相同的表情？為什麼天空總是呈現一片單調無趣的藍色？之後，我拉上蜜月套房的窗簾，幾乎很少走到甲板。

六樓的劇場總是演一些老片，遊輪上雖然有賭場，但我對賭博興趣缺缺。我的生活陷入了前所未有的單調。

每天將近中午的時候慵懶的起床，吃完早午餐，下午則去圖書室看書，消磨無聊的時光。晚餐的時候，獨自坐在中庭大廳前用餐，晚上則逃進十二樓空橋後方的頂樓酒吧。結果，對我未來的人生，沒有思考出任何具有發展性的計畫。原本以為遊輪是馳騁在海洋上的樂園，卻發現竟然是豪華的監獄。看來人類無論身在何處，都可以發現自我。

我在頂樓酒吧遇見了那位老人。靠窗的吧台座位可以俯瞰在藍色燈光照射下的游泳池，老人坐在隔了兩個空位的酒吧椅上向我打招呼。

「我經常在圖書室看到你。不過，那裡的書太少了。」

老人說得沒錯。擦得光可鑑人的花梨木書架上，陳列的都是虛有其表的大開本書籍（大部分都是室內裝潢和園藝的寫真集），以及近年的暢銷書。還有一整排封底很吸引人的文學全集。我看著老人面前的吧台，那裡放著三本已經磨損的書，每一本都是皮革封面。

「那些書是你自己帶上船的嗎？」

枯皺的手憐惜的撫摸著顏色有著微妙差異的封底。

「對，這種遊輪的圖書室通常都很令人失望。或許聽起來很奇怪，不過，船旅最適合看書。我每次都會帶自己的書櫃上船。」

我久違的好奇心蠢蠢欲動。

「如果你不介意，可不可以在你方便的時候，讓我見識一下你的書櫃？」

老人笑著點點頭。

「這幾本書送給你，作為我們認識的紀念。你不必介意，拿去吧。」

我拿起從吧台上滑過來的書。分別是艾雷史汀．艾奇魯亞尼的《象牙海岸航海記》、紅小桃的《隱藏野獸》和小島竹清的《未完物語》，全都是我不認識的作家。每一本都請師傅將市售的書細心的用皮革包了起來。

「我可以收下這麼貴重的書嗎？」

「當然，如果你不要的話，我準備在回去的時候，從甲板上把它們扔掉。」

我一定露出了納悶的表情。老人說：

「我這一輩子，都在找一本書。這個世界上，一定有一本是為我而寫的書。我的探索已經進入了最終階段。這三本書落選了，對我來說，它們已經沒有用處了。」

「世界上真的有只屬於自己的書嗎？我認為，書這種東西，光是一本根本派不上用場，必須彼此扶持。」

老人露出困惑的笑容。

「我在年輕的時候，也覺得要看遍全世界的書根本是不知天高地厚。如今，我已經對比賽閱讀數量毫無興趣，只要能找到屬於我的那本書就心滿意足了。我已經選好了候選的書。如果你有時間，要不要去看看？」

我點點頭，老人率先走出酒吧。當我打算走向電梯時，老人問：

「我的房間離這裡很近，要不要走樓梯？」

沿著豪華的樓梯往下走，來到我房間所在的十樓。老人指著斜對面的皇家蜜月套房說：

「就是這裡。」

一走進房間，就是寬敞的客廳。鋪滿整個房間的地毯上，放著用螺絲鎖住的貓腳沙發。這艘遊輪的內部裝潢採用了明亮的洛可可風格。

老人帶我走到放在窗邊最佳位置的大皮革行李箱，打開附有輪子的蓋子。行李箱的兩側是隔開的書架，裡面參差的放著和剛才三本書有著相同皮革封面的書。

「這二十年來，我看了很多次，不斷的在挑選。這裡面的其中一本，將會成為屬於我的書。」

我不可思議的問：

「你每次上船的時候，這個行李箱都裝滿了書嗎？」

「對，我看完了就丟進海裡，然後再看其他的書，再丟掉，一直重複著。也許，船旅就像是蒸餾工廠，可以濃縮書的靈魂。」

老人聊了很多書的趣事，都是我前所未聞的書。離開他房間時，已經將近深夜兩點了。

之後，我們每次見面都會聊天。無論在有自動鋼琴的餐廳酒吧；可以感受海風的步道，還是頂樓酒吧，老人總是拿著幾本書。我問他：

「你丟了幾本書？」

每次聽到的回答都不相同。老人平均每天把五、六本書丟進夜晚的大海中。遊輪經過了航程中點的夏威夷，進入了南太平洋。某天早晨醒來時，大海的顏色變成了礦物質般的碧藍色，閃閃發光。

即將到達大溪地的幾天前，老人坐在南國陽光照耀的甲板上興奮的說：

「我花了一輩子的時間，終於只剩下三本書了，我打算在今天晚上做出決定。其實，我已經大概知道會是哪一本書了。」

那天晚上，我充滿期待的前往頂樓酒吧。然而，老人卻沒有出現。第二天、第三天都沒有看到他。直到第四天，工作人員才為老人失蹤這件事陷入恐慌。

老人似乎從甲板尾端跳進了大海。有一名船員曾經目擊老人在黎明時分，手拿一本書靠在欄杆上。我不禁思考老人和我到底誰比較幸福。老人終其一生尋找一本書，卻在找到答案時死去。而我並沒有任何可以尋找的東西。

幾天後，看到客房清潔員正在整理老人的房間時，我往沒有主人的房間裡張望了一下。昏暗的房間內，只有空無一物的書架敞開著。

# 計程車。

美國有一位傳記作家名叫史特斯・特基爾（Studs Terkel）。他並不是用筆寫作，而是用錄音機。他在決定某個主題（也許是戰爭，也許是工作，也許是美國夢）後，去採訪很多人，把採訪的過程錄音下來。然後，將錄音的內容重新整理，寫成書稿。他可以從名為「無技巧的極致」的錄音寫實主義中，創作出令人驚為天人的作品，呈現出各式各樣不同人的生活、想法和個性，像鑲嵌畫般，拼出傑出的對比和人間百態。▼讀大學的時候，我曾經在平裝本的書中看到這些內容，很想有朝一日可以嘗試這種手法。於是，我以和計程車司機的交談為基礎，挑戰了這則短篇。當然，我並沒有把談話錄音。我對自己的耳朵和記憶力頗有自信，應該正確的重現了談話的節奏。▼其實，我很喜歡在計程車上的交談，也許是因為不需要和司機面對面，而是同時對著前進方向的關係吧。雖然只限於當下，卻可以輕鬆自在的聊天。當然，很疲倦的時候，司機找我聊天會讓我覺得有點吃力。

「景氣嗎？對啊，可能稍微有好一點吧。不過，你也知道，計程車這個行業很特殊。在日本，在規定徹底鬆綁後，變得如此自由的恐怕只有這個業界吧。想開計程車，可以隨意加入，這幾年車子的數量增加了一倍。不過，客人數量並沒有增加，所以，對營業額完全沒有幫助。」

我很喜歡在計程車上和司機聊天，所以總是隨口附和著。我通常都是在深夜的東京攔計程車，所以請各位自動聯想色彩繽紛的霓虹燈、沒有看過的摩天大樓和塞車車陣裡的一大片紅色煞車燈。至於我，則是舒服的坐在後車座上。

「現在的營業額差不多只有泡沫經濟時的一半。不過，那時候的確有點異常。普通的上班族像發廣告傳單一樣，把計程車券送給酒店小姐。不過，我倒認為，人的確應該要稍微逞強裝闊，這一點很重要。泡沫經濟時期的薪水並沒有比現在高，物價也貴得嚇人。不過，大家即使沒有錢，也裝出有錢的樣子拚命花錢。但是，現在完全顛倒過來了。大家都存了一點小錢，可是聽到周圍人都說經濟不景氣、經濟不景氣，所以，自己也配合其他人不想花錢。這麼一來，景氣絕對好不了。到頭來，日本人總是配合周圍的人在生活，根本不管自己的想法，或是到底賺了多少錢。大家都生怕自己離開群體，就會被狼吃掉。不過，即使日本人拚命地配合周圍人，卻仍然感到孤獨。」

「是在前面陸橋的地方左轉嗎？好，我知道了。這位先生，你是從事電視工作的嗎？因為你打扮很年輕嘛。那幢亮著燈的公寓嗎？好，謝謝光臨。這是你的收據，請不要忘了你的隨身物品。」

「今天運氣真不錯。這輛車子不是黑色的，而是深藍色，是名叫深夜藍的顏色。開這個顏色的車子，一天可以多賺一、兩成。我們公司按資歷分配車子，年資較長的司機可以開這種像黑頭車的車子。也有些公司講究實力主義，由業績高的司機開這種車子，真希望我們公司也採取這種方式。如果讓那些毫無幹勁的老傢伙開這種車，根本浪費了這種車子的顏色。因為，有不少客人會特地指定要這種顏色的車子。去飯店和機場迎接重要的客戶時，這種車子不是會感覺比較高級嗎？你問我車子配備的等級嗎？其實完全一樣。和四家大型計程車公司的黃色、橙色計程車完全一樣，只有外觀的烤漆顏色不一樣。不過，客人都說，這種車子坐起來比較舒服。」

「不，問題是車子無法全都改成這種顏色。運輸省❽的官員不同意，他們要求四家公司保留一眼就看得出來那是計程車的顏色。我認為，除了深藍和黑色，還可以有深綠色，沒錯，就是那種英國賽車綠（British racing green）。客人都很喜歡，還有深褐色或是銀色也很有高級感，我覺得也不錯。所有計程車都需要重新烤漆，不過，用一種顏

❽類似台灣的交通部。

色統一，比現在這樣有兩、三種顏色的成本更低。你不覺得奇怪嗎？客人喜歡，我們司機也覺得高興，營業額還可以增加一成，根本是皆大歡喜的事，那些官員卻堅持一定要使用慣例的顏色。我認為，順應大眾的心聲才能真正促進景氣回升，而且，根本不用花政府一毛錢。那些官員不了解司機和客戶的想法，以為做出決策的自己才是老大，這樣下去，公家機關早晚會關門大吉。」

「什麼？這輛車子的里程數？嗯，應該超過十五萬公里了。完全沒有老舊的感覺？對啊，因為計程車需要經常徹底檢驗和維修。一般汽車最多開個幾萬公里就要換車了，可是日本的車子很牢固，只要好好保養，開個十萬或是二十萬公里根本沒有問題。聽說許多亞洲國家和俄羅斯都搶著要日本的中古車。」

「我的夢想嗎？嗯，這個嘛，應該是不必靠行就能開計程車的營業資格吧。因為，可以比現在多賺三、四成。況且，可以開自己喜歡的車，想工作的時候就工作，做多少就賺多少，不是很好嗎？可是最近越來越嚴格，只要稍微發生一點小車禍，就無法申請到個人計程車的資格，所以，我會隨時提醒自己行車安全。我以前是上班族，但不喜歡開會啦、交報告這種事。開計程車就不一樣，只要離開營業所，就和其他人沒有關係了。即使偷懶，吃虧的也是自己，付出多少努力，就可以獲得多少回報。個人計程車更是到達這種境界的極致。雖然維修的費用要自己出，但比起被公司抽成，反而賺得更多。」

「我的興趣是釣魚，開計程車真的很方便。雖然一開始有點吃力，但上完夜班後，只要小睡幾小時，白天就可以好好玩，還可以開車去海邊。非假日的時候，路上不會塞車，在沒有人的海邊垂釣，那種感覺真的太好了。是，我知道了，過了千歲橋後，在明治大道左轉。謝謝你，聽你這麼說，我真的太高興了。我還年輕，可以慢慢來，某一天一定可以成立個人計程車行。」

「冷氣會不會太弱？之前有穿西裝的客人上車後，大罵這輛計程車的冷氣一點都不冷。我年輕的時候，總是把冷氣開到最強，結果到後來整個左手都沒有知覺。對啊，因為出風口剛好在中間。現在，冷氣開太強就完了，即使我穿了兩件長袖襯衫，還是會麻麻的。每天下班後，我都會泡一個小時的溫水澡。據說，那是治療虛冷症的最佳方法，情況的確有點改善了。」

「計程車嗎？開了很多年囉，從東京奧運那一年開始的。東京的變化真大，不過，馬路卻不會改變，真不可思議。即使變得再乾淨，柏油路還是柏油路。我的人生好像都走在同一條路上。我現在已經開始領老人年金了，所以不需要這麼辛苦了。以前，一直以為老年人和自己無關，但不知不覺中，自己也到了這把年紀。以前，如果沒有完成當天的目標，就會多加班兩、三個小時，現在已經沒有這種鬥志了。狀況差的時候，再怎麼撐都沒有用，還不如早點結束工作回去休息。而且，平均下來，其實並沒有差多少。東京的道路很容易塞車，尤其遇到月底的星期五，到處都是車子。但說起來很奇怪，聽那天營業額最高的同事說，他一整天都很順，完全沒有遇到塞車。運氣好的時候就是這樣，真是擋也擋不住。即使是現在，我偶爾也會走好運，甚至納悶自己到底什麼時候有這麼努力過。遇到這種時候，開車一點都不覺得累，反倒是開著空車一小時，最容易腰痠背痛。」

「我對開計程車的工作心存感恩。我家有三個孩子，託計程車的福，才能健康長大。現在家裡只有我跟我老婆兩個人，即使退休也不成問題。我大兒子去了外地，蓋了自己的房子後，叫我們一起過去享受。但我這四十年來，看著東京的變化，還想繼續在這裡生活下去，暫時不想搬去鄉下地方。而且，有時候也會遇到像你這樣聊得來的客人。大家都說，計程車司機身負乘客的性命，但我認為更像是短暫旅程的夥伴，反正絕不是上司和下屬的關係。」

「最大的樂趣？應該是下班的時候。夏天的清晨，把車子開回車庫，走出公司那一刻。雖然有點睏，心情卻格外暢快。我每天搭公車上、下班，頭班車上根本沒有乘客，公車站也不見人影。坐在朝陽照射的椅子上，打開下班後的啤酒，看著偶爾才有車輛經過的安靜馬路，一個人慢慢享受。第一口啤酒的味道還真是美味無比啊。不過，有時候我也很拚啦，但這一刻，會覺得自己很幸福，運氣很好。好，飯店到了。今天晚上要參加派對嗎？請盡情享受快樂時光。如果你方便，等一下打一通電話給我，我可以來這裡載你。那麼，就請你路上小心。」

沒有終點的散步。

人生走過一半之後，會比以前更注意老年人。年輕時，即使看到路上有老年人，也幾乎不會多看一眼，只會注意女孩子裙下的美腿。▼雖說日本已經進入了高齡化社會，但是至少在東京，很少看到老人的身影。仔細一想，日本的鬧區到處都是年輕人。這不是很奇怪的現象嗎？有朝一日，當我年老的時候，我要到處走動，挖苦一下年輕人。告訴他們昭和年代最精采，你們這些不知道泡沫經濟的人真可憐。

▼寫這則短篇的時候，我回想著目前居住的目白，描寫出街道的情景。綠意茂盛，只要偏離大馬路，就會變得十分安靜。很適合一邊散步，一邊思考。沿途有許多昆蟲和小鳥，螳螂也會突然飛進我家的陽台，嚇我一大跳。

▼事實上，我經常戴上帽子去散步。通常都穿著膝蓋有破洞的牛仔褲和T恤，而且，經常因為睡眠不足而蓬頭垢面。所以，請各位即使看到我，也發揮一下慈悲，假裝對我視而不見。

我經常在住家附近遇到那位老奶奶。她穿著淡粉紅色的運動套裝，腳上是一雙相同顏色的慢跑鞋。她年紀應該七十好幾，頭髮還染成淡紫色，或者說是帶有藍色的粉紅色。這位老奶奶在我居住的那一帶小有名氣。

我們的第一次交談，發生在我去便利商店的途中。她突然從後方向我打招呼。

「我經常看到你。」

回頭一看，發現她手臂彎成直角，用力前後擺動著，對我露出微笑。我有點吃驚，也向她打招呼。

「啊，妳好。」

「你要去哪裡？」

我說出了在號誌燈前方的店名。

「那我們可以一起走一段嗎？我總是一個人，如果有人陪我說說話，會覺得心情很好。」

我回答說：「完全沒有問題。」然後，鼓起勇氣問她：

「我經常看到妳在附近走路，有什麼目的嗎？」

老奶奶走到我身旁之後，就邁開大步向前走了起來，我也只好跟著她加快了腳步。即將進入梅雨季節的乾爽天空像夏天般湛藍。

「我是在醫生的建議下開始健走的，醫生威脅我說，運動不足會發胖，而且，如果不經常走一走，膝蓋會更加惡化。所以，我就開始在附近健走，每天都繞著這條路走動。最近，即使是下雨天，我也會出來走一走，不然會覺得渾身不自在。」

一整天都坐在桌前的我，也有運動不足的問題。

「走路也算是運動嗎？」

她抬頭瞥了我一眼。

「對啊，像我這種老人家，這樣就足夠了。如果是你的話，或許可以帶著小啞鈴，嘿咻嘿咻的快步走。」

走到大馬路的十字路口時，她說：

「真遺憾，只能陪你到這裡。我只在住家的附近健走，改天見。今天突然向你打招呼，恕我失禮了。」

就像其他上了年紀的人一樣，她最後突然變得彬彬有禮起來。她舉起彎成直角的手臂，很有精神的向正在等號誌燈的我揮了揮手，從寬敞的人行道離去。我說了聲「別這麼說」，她只是頭也不回的搖了搖舉起的手。

之後，每次見面，我們都會聊兩、三句。因為我在家工作，所以白天經常在附近走動。天氣晴朗的日子，她會戴上帽簷很寬的草帽，以及跟候選人一樣的白色手套。下雨的時候，嘴上雖然說著「真是熱得受不了」，卻穿上有防水加工的運動衣。

和她走在一起的時候，我也會情不自禁的彎起手臂，用力夾緊腋下，加快腳步。即使是熟悉的小巷，當抬頭挺胸，迎風快走時，感覺也會格外新鮮、愉快。

那是距離我們第一次交談差不多三個月後的某一天。一大清早，天氣就很奇怪。一下子從烏雲密布的天空降下豆大的雨滴，不一會兒，卻又雨過天青，露出夏日般的陽光，使潮濕的路面發出黑色的光。溫暖的南風吹來，高空的雲和低空的雲好像賽跑似的趕向北方的天空。

我每次見到她，都是在距離我所住的街區有一小段距離的隔壁街區。當我買完東西回家時，看到她一身下雨天的打扮，從單行道迎面走來。她穿著鮮豔檸檬黃的聚酯纖維風衣套裝，腳步比平時更快，那已經不是健走，而是小跑步了。

她一看到我，立刻向我打招呼。

「啊喲，太好了。你準備回家了嗎？」

我點點頭回答說：

「對，我剛才去找一些資料，回家後要繼續工作。」

「是嗎？雖然我不太了解，但自由業好像也很辛苦。」

她並不知道我是寫小說的，因為，我實在難以向左鄰右舍啟齒。即使現在，我仍然在職業欄裡填自由業。雖然，我不太了解自由業到底是什麼意思。

她露出不安的眼神看著我。

「可以和你一起走一小段嗎？俗話說，旅行一定要有伴，步行也應該找個伴。」

不知道為什麼，她竟然重重的嘆了一口氣。我們快步走在綠意盎然的住宅區中。

「我在這裡出生，也在這裡長大，已經七十多年了。以前，這裡根本沒有這麼多漂亮的房子。」

我所住的地方被稱為高級住宅區，但是物價卻很便宜，很適合居住。

「妳對這一帶的歷史很了解。」

「對啊，我還記得東京大空襲時，哪裡倖免於難。說起來很奇怪，被燒掉的地方發展很迅速，沒有燒掉的仍然像以前那樣老舊破落。」

我看著天空中流動的雲，適時的附和著。我對這一帶的歷史沒有太大的興趣。

「以前，車站那一頭住了許多有錢人和外國人，車站的這一頭是普通上班族的獨門獨院房子。你知道那裡有一家魚店嗎？」

她快步走在我的身旁，說出了我家旁邊的魚店店名。那是一家老店，店門口放著一個裝了泥鰍的水桶。

「那家魚店的女兒和車站那頭大房子裡的大臣兒子私奔，鬧得沸沸揚揚。當時講究門當戶對，如今，只要雙方喜歡，就可以在一起，時代真是進步了。」

她在說話時，一直左顧右盼，好像在找什麼東西似的，不斷看著周圍的電線杆、招牌、籬笆和門牌。她是在擔心什麼事嗎？但是，我不是那種神經大條的人，不會把別人的事情說出口。我只是保持不失禮的態度聽她說話，陪她一起走而已。

走了四、五分鐘，回到我所住的街區，看到我所住的那幢看起來還很新的公寓時，她慌忙說：

「咦？那不是你家嗎？對了，郵局在哪裡？」

雖然她沒有正眼看我，但聲音很認真。郵局在距離我家走路不需要九十秒的地方，她家應該就在郵局後面。

「年紀大了，記性越來越差。我有事要去郵局，卻不小心迷路了。」

我感到一陣揪心。看來她應該是走著走著，就找不到回家的路了。在到處尋找時，偏離了平時的散步路徑，走到隔壁的街區。我沒有看她，很自然的問：

「妳今天走了很久吧？」

她的笑容很僵硬。

「對啊，已經走了快兩個小時，都快累壞了。」

「是嗎？郵局就在附近，我陪妳過去。」

她頓時顯得很開心，一掃陰霾的表情，如同那一天陰晴不定的天氣。我們稍稍放慢了速度，走向郵局。她說起了女校時代的事。那時候，還沒有游泳池，東京的河裡有許多地方都用木板和竹簾圍起來，小孩子都在裡面游泳。水很清澈，透明的白魚在清澈水中悠游，好像投射在水中的影子。據說，她的皮膚又白又有彈性，絲毫不輸給白魚，經常收到男校不良少年的情書。

郵局的紅色郵筒有一半被籬笆遮住了。她站在那裡，抬頭看著我。

「今天謝謝你。」

「不，不客氣。」

她伸手進上衣口袋，遞給我一個用白色懷紙❾包著的東西。我接過來打開一看，原來是艾草麻糬。

「我不知道年輕人喜不喜歡吃。改天再一起散步。」

她沒有去郵局，直接走進了小巷。我目送著黃色風衣的背影，之後才轉身回家。在路上吃的艾草麻糬還殘留著她的體溫，吃起來暖暖的。

❾日本人帶在身上，常用來包點心的紙。

一條腿。

川端康成有一篇名為〈手臂〉的短篇小說。這篇描寫男人借了女人的一條手臂抱著睡覺的幻想小說，散發出不安定的氛圍。年輕女人的手臂好像變戲法似的可以輕易拆下來，不會流一滴血。看了這篇小說後，我也想挑戰一篇禮讚它。既然川端寫了手臂，那我就來寫腿吧，一定很有意思。▼其實，我對女人的腿並沒有特別的偏好，所以，只好去買了一大堆寫真集，好好研究一下。為了寫這個短篇，竟然蒐集了十幾本寫真集，感覺自己好像蠶蛋。而且，清晰拍攝出腳底和腳趾的照片少之又少，每一本最多只有一、兩張而已。▼所以，關於腿的細部描寫，都是我不斷歎著氣，參考許多寫真集寫出來的。如果沒有這個機會，我根本不可能注意到女人腳的小拇趾背面的形狀，所以，算是受益匪淺。由於太好玩了，所以這個短篇分成了上、下兩次連載。不過，寫完之後，我全都忘光光了，只是，最終還是無法培養出戀足癖。小有遺憾。

那是星期六有點晚的上午。我打開房內所有的窗戶，清掃積了一個星期的灰塵。雖然一房一廳的室內看起來很乾淨，但吸塵器還是吸出一團像小貓的頭那麼大的灰塵球。

初夏乾爽的風從窗戶沿著牆壁吹了進來，拂過地面的涼爽空氣讓赤裸的腳尖感覺很舒服。接著，我仔細的鋪好了床，取下昨晚睡的素色床單和床罩，換上了她喜歡的五彩條紋床單，好像百貨公司的包裝般仔細地對準四個角落，鋪成完全沒有一點皺摺的長方形。

回到客廳，仔仔細細地擦了兩次楓木桌。我的胸口越來越悶，彷彿心臟內還有另一個小心臟，以有些微偏差的節奏跳動著。

甩了甩昨天下班回家時買的鐵砲百合上的水分，插在玻璃花瓶內，放在桌子中央。純白的花瓣深處，炫目的鮮豔黃色花粉掉落成了一座小山。

我坐在椅子上，看著牆上的時鐘。時間差不多了。我惴惴不安地低頭看著綻放的鮮花，門鈴響了。我從椅子上跳起五公分。

宅急便的男人站在玄關，紙箱斜斜地豎在推車上。細長形的紙箱長約一公尺，寬和高大約三十公分左右。我簽完字，從身穿制服、額頭上冒著汗珠的男人手上接過箱子。沉甸甸的分量令我備感欣喜。男人有一滴汗水滴在紙箱上，令我有點不悅。

回到客廳，把紙箱輕輕放在桌子上。我沒有用美工刀割開膠帶，而是用趾甲小心翼翼地從一角撕開。

打開紙箱，裡面是用麻布包著的包裹。我面帶微笑的享受著表面粗糙的手感。她的肌膚很敏感，對所有的合成纖維都會產生過敏反應，就連內衣褲也都必須是天然的材質。

桌上只剩下麻布包裹。我屏氣凝神的拆開每一塊布。她的右腳綻放著光芒，出現在我的單人房內。膝蓋微微彎曲著，腳踝前端顯得格外柔弱，形狀完美的修長趾尖也充滿生命的光芒。趾甲超過了腳趾，搽上了比氣色很好的肌膚顏色更深的珍珠粉色。雖然我常常叫她不要搽趾甲油，但她很頑固，送腿上門時，總是特地為趾甲化妝。

在喚醒右腿前，我退後一步，盡情欣賞曲線優美的整條腿。她的腿不粗也不細，是長度、質量和力度十分協調的完美柱體。大腿在膝蓋上方三十公分的位置被切斷了，剛好是朝向腰骨開始變細的位置，由於前端空空的，反而令人聯想到古代雕刻品般的完美無缺。剖面柔順的肌理朝著中心的大腿骨收縮隆起，看起來像是無法一口吞下的大型手工製作的燒賣。

我的臉頰滑過冷冰冰的大腿。她已經年近三十歲，來自內側的肌肉張力，和表面略微乾燥的脆弱肌膚搭配得剛剛好，甚至會令人覺得難過。膝蓋骨旁的皺摺好像極細的砂紙般，在我的臉頰上產生了稍稍的阻力。

她小腿脛骨的粉嫩肌膚下有一個像郵票般大小的瘀青。她有時候做事有點魯莽，這個瘀青很可能是撞到了書桌第三個抽屜時留下的。我光是這麼想像著，就忍不住笑了起來，用食指和大拇指摸著她的脛骨，好像在測量骨骼粗細的變化般，小心的滑向腳踝。

她的腿最漂亮的地方，就是普通人通常會忽略的腳踝以下的部分。她的腳趾底部十分白皙，而且形狀整齊，好像貝殼鈕釦般發出微微的光。腳底的拱形好像拋物線般高高隆起，形成沒有皺紋的蒼白天空。尖尖的小拇趾前端完美無缺，讓所有有關美麗的美學疑問全都失效。

我歎著氣，將嘴唇靠近大腿中央。她的大腿和我的嘴唇一樣柔軟，親吻的重量令肌膚微微凹陷下去。雖然我很想一直欣賞她沉睡的右腿，但我必須遵守和她之間的約定。她的腿部表面閃過一道微光，宛如水中的漣漪反射著陽光。右腿甦醒了。

「終於到了。啊，百合的味道好香。你今天有沒有趁我右腿睡著的時候，做什麼奇怪的事？」

右腿在桌上微微伸展著膝蓋，以腳踝為中心轉動著腳。可能是長時間維持相同的姿勢，令她感到有點疲憊吧。我沉醉的欣賞著由她的肌肉和肌腱所形成的細緻圖案。她的右腿是一件作品，是完整無缺的世界。

「我沒做什麼奇怪的事。」

「是喔，真無趣。雖說我們已經有約定，但稍微違反一下也沒有關係嘛。」

右腿笑著說。小腿的肌肉微微痙攣著，彷彿抽筋似的。

「星期六的夜晚很漫長，我會好好享受妳的腿。」

「真令人期待，這種時候，就會覺得相隔遙遠其實也有好處。」

我去廚房準備茶和熱毛巾。或許是因為塞在狹小的箱子裡的關係，右腿膝蓋後方微微滲著汗，發出潮濕的光。

下午在輕鬆的聊天中度過。右腿從桌上移到了木質地板上，然後又來到沙發上。雖然右腿無法從高處自己走下來，但我將之放到地面上時，就可以自由的在我房間內走動。

當我突然抱緊她的時候，她笑著彎曲膝蓋掙扎說：「天還沒暗呢。」這種時候，右腿的力氣很大，好像魚一樣掙脫我的手臂，重獲自由。

我決定在家裡吃晚餐。雖然也可以預約餐廳，但當我帶著右腿出去吃飯時，仍然會有人用異樣的眼光看我。腿不吃任何東西，雖然可以成為交談的對象，但還是等於獨自用餐。既然如此，與其去高級餐廳，還不如輕輕鬆鬆在家裡吃晚餐。我對自己的廚藝很有自信。

沙拉裡加了大量切成細絲的義大利香腸，我又做了一道加了鯷魚調味的夏季蔬菜義大利麵。牛舌凍拼盤放在冰箱冰過後，撒上無數切成宛如小矮人骰子般的肉片。

「聽了你的菜色後，我今天也煮義大利麵。聞到大蒜的味道，令我食指大動。」

我在陽台的桌上鋪好桌巾，決定在戶外用餐。右腿豎在對面椅子的椅背上。大腿在夕陽的映照下，看起來紅通通的，猶如燃起了生命之火。

「只有我的腿，你會不會覺得無聊？」

我喝著冰冰的白葡萄酒。淡淡的酸味令我想起她的汗味。那是我最喜歡的味道。

「雖然很遺憾無法見到妳的全部，但完全不會覺得無聊。」

應該說，當我們在一起的時候，我經常會想到她的右腿。有時候，愛某一個人的某一部分的心情會更甚於愛對方整體的心情。然而，我不認為這是一種背叛。這種心態很純潔、很率直，強烈得令人無法產生懷疑。

浴室內，我用已經摩擦出許多細泡的肥皂，細心的清洗著右腿。腳趾的縫隙、腳後跟、腳踝的凹陷，以及前脛骨曲線優美的肌肉。為她洗腳好像在尋寶，每次用手指觸碰時，都會有新奇的發現。雖然我不認為生命有什麼真諦，但如果可以對某件美好的事物維持不變的新鮮感，每天持續有新的發現，應該是理想的人生。

右腿沉入浴缸內，隨著熱水搖晃著。右腿彎著膝蓋，從水面探出頭說：

「我們洗鴛鴦浴的時候，你從來沒有幫我洗得這麼仔細。」

「對啊。」我笑著點點頭，從浴缸裡把右腿抱了起來，用浴巾輕輕吸乾水分，帶回臥室。

「天色已經暗了，可以開始了。」

右腿用沙啞的聲音呢喃道。

夜風從敞開的窗戶吹了進來。鋪得像家飾店般一絲不苟的床上，只有她的右腿靜靜躺著。室內沒有開燈，只有窗外夜空的光線灑進臥室。都市的天空反射著地面的燈光，呈現模糊的暗粉紅色。

右腿舒適的躺在整齊的床單上，在向四個角落拉緊的布上留下痕跡。昏暗的房間內，可以隱約看到那條白皙的腿，好像本身就是一個發光體。她沙啞的聲音從遠處傳來。

「……快過來。」

我聽不到任何聲音，將口腔中滿溢的唾液吞了下去，一絲不掛的走向床邊。再從床墊下方慢慢爬到床上。

「真不可思議，我們可以交談，也可以聞到你的味道，卻完全看不到你。現在，我也很緊張，不知道你會先碰哪一個部位。」

我跪坐在床上問：

「妳現在在幹嘛？」

右腿羞澀的以膝蓋為中心彎曲起來，富有彈性的大腿表面泛著紅暈。

「我一絲不掛的躺在床上，迎接你的到來。」

這一刻，令人心曠神怡。有人強烈的渴望著我。漫長的等待終於即將付諸實現。這種宛如近在眼前的風吹過的瞬間，正是最美妙的一刻。我低下頭，把右腿的小拇趾含進嘴裡。

「啊。」

或許是被突如其來的動作嚇到了，右腿下意識的縮起腳尖，試圖彎起膝蓋。我用力抓著纖細的腳踝加以固定，不讓她掙脫，用柔軟無力的舌尖仔細的按摩像蝸牛殼般縮起的小拇趾。當我用舌尖舔著搽了趾甲油的圓形趾尖時，右腿漸漸放鬆下來。

將小拇趾含在嘴裡大約一首短暫情歌的時間後，開始移向旁邊的無名趾。我沒有忘記品嘗腳趾和腳趾之間淺谷的汗味。她的汗水美味可口。

不再緊張的右腿開始微微顫抖。微微彎曲的膝蓋下，小腿像新綠的樹葉般微微搖動著。

「……你知道被相隔數百公里的人一直舔著腳趾的感覺嗎？」

為了仔細端詳她漂亮而修長的中趾，我的嘴唇離開她的腳尖。中趾的第一個關節至前端的部分顯得又長又尖，我把腳翻過來，觀察著趾腹，發現前端呈現鼓鼓的三角形，繞出圓圓箭頭的趾紋，指向我的方向。

「可不可以告訴我，是怎樣的感覺？」

我不等她的回答，就用舌頭摩起她中趾的趾甲。右腿的顫動越發強烈起來。

「在我死後遙遠的未來，外太空的外星人利用基因複製了我的身體。外星人不知道人類做愛的方式，所以千方百計的加以實驗。」

很有趣的故事。我豎耳傾聽，舌頭舔中趾的速度漸漸慢了下來。這似乎正合她的心意。

「……這樣很舒服。你可以在慢慢舔的同時，輕輕吸吮嗎？」

我執行了她的指示。右腿的聲音變得斷斷續續，好像在打嗝。

「……結果，外星人還是不知道做愛的方法，默默的一次又一次的重複實驗。他們利用我虛幻的身體和虛幻的靈魂，調查人類是如何傳宗接代的。不過，那些外星人呆頭呆腦的，做了很多實驗，仍然找不到頭緒。」

我的嘴唇離開她的中趾，忍不住笑了起來。

「這麼說，實驗會一直持續下去？」

「對，永無止境的，一次又一次。」

「這對妳來說，是一件好事嗎？」

小腿不是因為快感，而是因為短促的笑聲痙攣起來。

「當然是好事。不知道這種外星人到底在哪裡……你再多嚐嚐我的腳。」

我聽從了她的吩咐。我把她所有腳趾頭中最長的食趾全部含進嘴裡，和舌頭的長度做了比較。我的舌頭稍微長一點。我捲起舌頭，裹住她的第二根腳趾頭，慢慢的抽送起來。伸直的小腿肌肉緊繃，在昏暗的床上投下抖動不已的淡淡陰影。

我的舌頭和手指順著她的右腿緩緩向上。她的右腿猶如一本探險小說。越過高山，經過低谷，一毫米一毫米的探訪她腿上的濕地和乾地。以蛞蝓的速度爬上她的腿，數十公分的移動成為一場興致勃勃的大冒險。

我的舌頭和手指觸及了她右腿表面的每一吋肌膚，她的膝蓋後方是大溪谷，大腿是淡淡體毛迎風飄揚的光滑大草原。通往臀部的大腿後方也許是毛孔微微張開的寂寞灌木叢林。我喝乾了積在膝蓋後方的汗水湖，用舌頭一根一根撥開大腿的草原，邁向更高、更遠的右腿之旅。

我已經失去了感覺，不知道這場冒險到底持續了多久。我討厭像日常生活中用機械測量時間，所以，臥室內並沒有放時鐘。當我回過神時，發現我和右腿進入了最後的階段。

我用力把大腿抱在胸前，親吻著中央朝向大腿骨收縮隆起的剖面。那裡和腳趾一樣，是她最敏感的部位。右腿因為快樂而扭曲著身體，用腳尖頂住我的陰莖。

「我好像快忍不住了，不需要我為你做什麼嗎？」

我更用力的把她曲線優美的腿抱在胸前，除此以外，別無他求。如果這一刻可以持續到永遠，這一刻永遠不會結束，就已經足夠了。

「嗯，沒問題。和妳的整體在一起時，會希望妳為我做很多，但只有一條腿的時候，完全不會有這種想法。妳不用在意，好好享受吧。」

我認為，男人的快樂充其量只是一面鏡子而已。綻放光芒的永遠都是女人，男人只是映照出女人的光芒。沒有什麼東西比被遺棄在黑暗中的鏡子更悲哀。

右腿激動的急促呼吸，最後發出高亢的呻吟。在厚度適中的皮下脂肪下，僵硬的肌肉和肌腱劇烈抽搐著。我用力抱著掙扎的腿，等待她回過神來。過了好一會兒，右腿漸漸放鬆，這才無力的癱軟下來。

「啊，好神奇。我剛才有沒有說什麼奇怪的話？」

我出聲的親吻著光滑得像燒賣般皺起的大腿骨隆起的皮膚部分。

「不，完全沒有，但妳叫得很大聲。」

「是喔。剛才，我的眼前出現一片白色的流沙，那到底是什麼？」

我回答說，我不知道。她總是可以看到各式各樣的風景，我也想在那一剎那看到某些風景。很遺憾的是，我的快感沒有強烈到可以擺脫一切，沉溺在另一個世界的風景中。

她的膝蓋上方皺起調皮的皺紋笑了起來。

「下一個星期，把你的左手寄給我。到時候，我會好好享用，直到你的手指發脹。」

週末的時候，我的左手腕前端派不上什麼用場。我喜歡她的右腿，她喜歡我的左手。她說，我手指的形狀很好看，知性和野性十分協調，在她所看過的手指中，可以擠入前三名。右腿緩緩離開我的身體，放在我兩腿之間，大腿貼著我的陰莖。被汗水濡濕的肌膚密實的貼緊整個陰莖。

「我聞到了你的味道。」

右腿用沙啞的聲音呢喃道，我們再度進入白熱的時光。

左手。

整本書中，只有這篇作品不是為了《新刊展望》，而是為《小說現代》而寫的。由於是新年號，對方要求我寫一則差不多二十張稿紙的短篇。於是，我想起了〈一條腿〉的故事。描寫那對情侶之後的發展應該很有趣。稿紙的頁數相同，主角從男人變成女人。寄送的一部分肉體從腿變成手。在完全顛倒原本的內容後，就可以譜出一首很有趣的對應曲（answer song）。當內心有這種企圖時，寫起小說來簡直有如神助，一如預期的順利寫出一個故事。▼男人的哪一個部分最富有性感魅力？當問女人回答這個問題時，回答手的人佔的比例最高。很多意見認為，男人手上的肌腱和凸起的血管最性感。從這點來看，也許這篇小說的題材算是恰如其分。▼順道一問，如果可以把異性的一部分拆下來寄給你，你希望收到異性的哪個部分？手、腳、脖頸、頭髮？我相信，應該也有想要手肘、手臂和耳朵這種興趣獨特的人。如果像〈左手〉這樣可以交談，我想要整個胴體。如果把像可樂瓶一樣的軀幹放在椅子上談話，應該會很愉快。

吃完早午餐，心不在焉的看著消音的電視時，門鈴響了。那是令人等到心痛的電子鈴聲。她拿起廚房旁牆上的聽筒。小小的螢幕上，身穿制服的男人額頭奇妙的放大扭曲著。不需要靠得這麼近，門口的攝影機也可以拍到。

「宅急便。」

「我這就開門。」

女人按下了打開電子鎖的按鈕，走向玄關。這裡是十二樓，她知道男人不會這麼快上樓，但還是想等在門口。她在門口旁的鏡子前檢查了全身。

她穿著一套天鵝絨的運動套裝。深藍色的衣服上緄著略帶胭脂色的粉紅緄邊，服貼的順著身體的曲線，豐滿的部分和纖細的部分都籠罩在滋潤的光澤中。她已經快三十歲了，身體當然有某些鬆弛的部位，但從正面無法看到正吃力和重力抗衡的豐滿臀部。

第二次門鈴響起，她打開玄關的門。冬天的寒意從腳底竄了進來。宅急便的司機胸前抱著一個大小可以容納百科全書的紙箱。她的男朋友就在裡面。她在司機遞上的單子上簽名。寫自己的名字竟然會如此令人雀躍。她接過紙箱，感受到紙箱底部的溫暖。

「謝謝你。」

司機露出驚訝的表情看著她。

「謝謝妳的惠顧。」

宅急便男人小跑步地從走廊跑向電梯。

她輕輕關上門，鎖上雙重鎖，咔嗒一聲，掛上鎖鏈。這下子，兩個人終於可以獨處了。原來，鎖門的行為充滿了情色。她回到走廊，輕輕的把紙箱放在客廳兼餐廳的桌子上，將美工刀的刀尖稍微推出，小心翼翼的割開膠帶。她迫不及待的打開箱蓋，裡面裝滿了保麗龍。她慢慢把手伸進去，白色包裝材料毫無抵抗。裡面果然很溫暖。

當她的中指伸進一半時，指尖摸到了毛巾的觸感。已經是所有人眼中成年人的年紀了，只不過這樣而已，臉頰為什麼泛上紅暈？她把另一隻手也放進白色包裝材料內，取出了藍色毛巾包裹。

毛巾用細尼龍繩笨拙的綁了起來。因為一隻手做事很不方便，難怪會綁得這麼難看。想像他費了九牛二虎之力打結的樣子，自然而然的露出了笑容。她解開繩子，拆開毛巾，裡面是一件白色舊T恤。他做事很小心，應該是不想在運送過程中受傷。

這時，她已經發現自己呼吸變得急促起來。馬上就可以看到心愛的他最讓她喜歡的部分。她突然不捨得立刻拆開，繞著桌子周圍走了兩、三圈。視線始終停留在柔軟的T恤包裹上，好像世界的中心或是颱風眼突然出現在她的家裡似的。

她坐在沙發上，努力使自己平靜下來，卻仍然坐立難安。她衝到桌前打開T恤。胸口印刷的LOGO是佛羅里達馬林魚隊的標誌。男人剛好沿著手腕橢圓關節割下的左手就放在馬林魚的標誌上。

女人歎了一口氣，看著男朋友的手。手指雖然很纖細，卻很有力。因為比女人的手指更長，感覺十分優雅。尤其是到第二關節，正確的說，是到近位指節關節的骨骼很長。紅潤的圓形指甲幾乎包住了整個指尖。那是沒有做指甲保養的年輕男人健康的手。手背緊實光滑，肌腱像精密儀器般聚向手腕。她喜歡男人手背上的靜脈，雖然看起來好像在生氣，但只要用手指觸摸，就會像貓的肉球般軟軟的陷下去。

他不是幹粗活的，所以手掌並不厚實。她把男人的左手翻了過來，或許是因為紙箱太悶了，手掌上微微凹陷的部分滲著汗，有點濕濕的。

差不多該喚醒他的左手了。像這樣用視線撫觸表面，將會永無止境。她和男人見面時，總是注意對方的手。愚蠢的男人常常為女人的胸部和腿傾倒，卻完全不關心自己所擁有的，最充滿情色的部分。

不知道有沒有拍攝各種男人手部的寫真集。最好有實物大小的雕刻，展示在隨時可以觸摸的地方。她想像著陳列著許多男人手的美術館，而且在所有雕刻前都放著一塊牌子。十七歲、高中生、籃球隊員。二十六歲、印刷工。三十二歲、程式工程師。四十八歲、大廈管理公司總務部長。那絕對是令人傾心的展覽。

一臉陶然的她將注意力收回到眼前的左手上。這隻手在夢幻美術館中，也絕對很受歡迎。因為，她觀察過許多男人的手，這隻手可以擠進前三名。她跪在桌子旁，用嘴唇貼近左手中指精悍飽滿的肌腱。這是喚醒左手的儀式。

左手抖了一下，指尖胡亂的動了起來，好像在敲鍵盤。

「啊，看來，我終於到了。」

那是他略微帶著鼻音的一貫聲音。她把自己的右手放在他的左手上。左手靠手指的力量翻了過來，纏繞著她的指尖。

「紙箱裡會不會悶熱？剛才，你好像有點流汗。」

「沒問題，比起冰冷好多了。我指尖很容易發冷。」

在說這番話時，左手用指甲搔著她的指腹。他知道她手上的敏感部位。

「不過，說起來很不可思議，上個星期，妳寄右腿給我，這個星期，我把左手寄給妳。我們一直這樣用身體的某一個部分約會，遠距離戀愛似乎並不壞。」

因為他的關係，她上個週末無法外出。然而，他充分享用了她的右腿。那是一次美妙的經驗。因為他的關係，她的整條腿好像裝了細膩的感應器，變得十分敏感。每個月用這種方式約會一次似乎也不錯。聽說，最近不光是遠距離戀愛的情侶，就連可以正常見面的情侶之間，也經常進行這種部分身體的約會。

「可不可以不要在桌子上，把我放在妳的身體上？」

她拿起左手，雙手捧著走到沙發。靠在沙發上半躺著，把溫暖的手放在拉鍊拉起的柔軟腹部上方。

「好滑。好像是天鵝絨或是絲絨。」

「是你喜歡的那套深藍色運動套裝，是天鵝絨的。」

她今天早晨特地洗完澡，穿上這套衣服。他注意到這件事，令她感到十分高興。

「這次有什麼安排？」

他的左手摸到拉鍊的釦環，剛好拉到胸部的下方。她推開準備伸向乳房的左手：

「等一下。今天我想在家裡好好放鬆一下，明天去買下一個禮拜的菜，你要好好陪我。」

他的左手發出開朗的笑聲。

「幸好我沒有全身去妳那裡。光是左手陪妳去買菜，並不是什麼大問題。我可不可以看一下房間？」

雖然她不想離開左手，但他已經在狹小的紙箱裡悶太久了。她把左手放在木質地板上。

「雖然眼睛看不到，卻可以聞味道，指尖也有感覺。這種感覺很奇怪。」

左手說著，開始像毛毛蟲般伸展手指，在用吸塵器清掃過兩次的地板上移動。左手沿著牆角慢慢爬行，好像在確認房間的大小。他在每個角落嗅著味道，確認自己的地盤和那裡的味道，簡直就和小狗沒什麼兩樣。

「有沒有奇怪的味道？」

左手用力抬起指尖，轉向她的方向。

「沒有，沒有奇怪的味道。不過，這種感覺還是很奇怪。人體的部分離開身體後，會變得格外敏感，妳之前也一樣。」

上個星期，她體驗了發出無數沉悶聲音的經驗。

「我了解，會搞不懂自己到底怎麼了。」

「當我只有左手在這個房間時，可以嗅到各種味道像地殼一樣層層相疊。昨天晚上，妳是不是吃過哈根達斯的草莓冰淇淋？」

她把盒子裝進塑膠袋用力綁緊後，丟進有蓋子的垃圾筒。那已經是十四個小時之前的事，他怎麼會知道？她卻完全聞不到。

「還有，妳剛才把我捧過去的時候，我還發現妳的肥皂味道不一樣了。」

她在三天前換了使用天然材質製造的微香型浴皂。

「你左手離開身體的時候，可以當福爾摩斯了。」

左手笑了起來。

「不行，不行。最多只能當嗅出毒品的警犬。」

她從沙發上站了起來，躡手躡腳的走到在陽台前一片陽光下的左手旁。

「不行，聞味道就知道妳走過來了。這個肥皂的味道，簡直就像在大聲告訴別人，我就在這裡。」

她躺在沐浴在陽光下微微發著光，一派輕鬆的左手旁，輕輕的親吻了手指的根部。然後，溫柔的親吻五根手指隆起的關節。手背上短短的寒毛豎了起來，好像一根根小針般起了雞皮疙瘩。

「哇，妳這樣突襲我，我會忍不到晚上。」

她躲開了撲向她胸部的左手，回到沙發上。

「現在還不行。忍耐越久，越值得期待。」

「這是誰說的？」

「不知道，可能是甘地，或是AV男優加藤鷹，還是其他的誰吧。」

說著，她走去廚房準備晚餐。在冬天午後的金色陽光照射下，左手在木質地板上顯得很有立體感，宛如很有分量的銅像。今晚要和這隻左手共進晚餐。即使他只能聞到味道，她也不想偷工減料。

晚餐是簡單的日本料理。超市剛好有賣很棒的紅肉生魚片，她把它浸泡在加了芝麻粉和山葵的醬油裡。而她在前天晚上就事先煮好筑前煮，只要撒上一些切碎的豌豆莢就好了。蘿蔔絲、牛蒡絲和胡蘿蔔絲味噌湯裡浮著用手握碎的豆腐，彷彿海上的泡泡。

左手在她面對的餐墊上嘆著氣。

「嗯，真傷腦筋，我肚子餓得受不了。鼻子變得這麼靈光，陪妳吃晚餐就像在接受酷刑，讓我很想趕到妳身旁。我只剩下一隻手，今天晚上只能吃便利商店的便當。」

「至少你可以享受一下香味。因為，這不是為了我，而是為你做的料理。」

如果只有她一個人，不可能做這麼多菜。只能聞味道的晚餐格外刺激食慾。

「現在，我閉著眼睛吃便利商店的便當，因為聞到妳煮的菜餚的香味，感覺比平時好吃了好幾倍，實在太好玩了。」

她和左手一邊聊天，一邊慢慢享用晚餐。飯後，她打開略帶甜味的Half bottle白葡萄酒。倒進杯子後，把食指伸了進去，沾滿葡萄酒。

「我用香味讓你陶醉。」

她用沾滿葡萄酒的手指擦著男人的手背。

「不要光是香味而已，我的手變得好熱，可不可以倒一點葡萄酒在我手上？」

她將杯子傾斜，將珍珠色的葡萄酒倒在左手上。

左手很希望像上個星期一樣，可以一起入浴，但她說，她喜歡一個人洗。在她入浴之前，她先在浴室的洗手台簡單地幫左手清洗。此時左手無趣的從水面露出手背說：

「我覺得自己好像變成了球鞋。我先去床上等妳，妳快點來。其實，我很喜歡妳的汗水味道。比起之前BODY SHOP的肥皂味道好聞多了。」

她用毛巾仔細擦拭被熱水洗得通紅的左手，輕輕的放在更衣室的踏墊上。左手頭也不回的邁向臥室，不過走起來有點踉蹌，難道是因為太熱的關係？她輕聲笑了起來，關上了半透明的門。

當她用浴巾把身體裹緊後走進臥室，發現左手在床頭櫃上等她。床邊堆了很多書，他應該是靠自己的力氣爬到那裡的。

她很怕冷，所以把暖氣開到最大。床上鋪著一條短毛的人造毛皮床單。左手沒有眼睛，看不到，所以她沒有開燈。路燈的燈光宛如剃刀般從雙重窗簾縫隙灑了進來。

當她躺在床上時，床頭櫃上的左手說：

「總覺得就這樣開始太可惜了。一旦開始，就必須結束。在這片漆黑中，聞著妳的味道，似乎就已經足夠了。」

她一言不發的看著天花板。那是日本所有公寓都有的白色塑膠壁紙的天花板。到底有多少人懷著如此幸福的心情看著天花板？既然不想結束，就永遠不要讓它結束就好了。或者，即使結束了，再重新開始就好了。只要有這份心意，即使重複相同的事，不僅不會無聊，反而每次都會有新的發現。

她宛如拿起很薄的玻璃容器般，用雙手捧起左手，放到自己的臉上，默然不語的親吻中央隆起的光滑手腕剖面。左手手背上的肌腱鼓了起來，她知道，他已經陶醉了。血管鼓了起來，好像快撐破了。

「今晚由我採取主動吧。」

她用舌頭溫柔的梳理手背上一根一根的寒毛，用柔軟的舌尖從手腕沿著手掌的五根手指，舔出五條路。她把舌頭伸進有著菱形皺紋的指股，品嘗著汗水淡淡的酸味。

他的手指雖短，但就像緊實的柱子，在柔軟的嘴裡，硬度僅次於牙齒。她用舌尖和舌頭中間的部分，以及背面和側面品嘗著他的五根手指，或是當成舌下錠般含在舌頭下方，或是推到光滑的臉頰內側。

左手發出低沉的呻吟，歎息著。她很喜歡男人在這種時候發出的聲音。其實，根本可以盡情的叫出聲音嘛。她的舌頭調整出各種不同的硬度，把五片指甲摩得光滑無比。左手語不成調的說：

「離開身體的這種危險感實在很棒，我已經無法克制自己的聲音了。」

她大聲的把大拇指從嘴裡抽了出來。

「我還要好好欺侮你。你現在在家裡穿什麼？」

左手的大拇指和中指胡亂活動著，試圖抓住她的嘴唇。沙啞的聲音從頭上傳來。

「我沖完澡，一絲不掛的躺在床上，實在太驚人了，很想讓妳見識一下。」

她輕聲笑了笑。

「是喔？但我今天不需要，因為，我已經有你的左手了。」

她開始舔手掌。她用舌尖確認粗的像幹道般的紋路，宛如在尋找地圖上的道路一樣。接著，再探索從幹線分枝出去的有如葉脈般的細紋。據說每一根手指的指紋都是獨一無二的，每個人的指紋都不相同。雖然大家不太了解，其實，手心的掌紋也一樣。掌心上的迷宮和基因一樣，都十分複雜，象徵著一個人走過的過去和未來。想到這裡，她就情不自禁的對彷彿用針畫出來的細紋又愛又憐。

左手已經完全被她的唾液舔濕了。她很想把整隻手都放進嘴裡，當她把四根手指的第二關節以下的部分塞進嘴裡時，她的嘴角已經快要撐破了。她不知道到底過了多久的時間。週末的臥室裡沒有時鐘，窗外仍然是一片無盡的夜色。

左手發出痛苦的叫聲。

「我受不了了。妳可不可以舔一下手腕的根部，輕輕咬幾下？」

她連續重複了好幾次。他的手用力握緊她的手指，她雙手捧著他的手，用嘴唇和舌頭用力親吻著手腕的剖面。

「我快來了。」

左手急促的說完後，手指突然用力，輕輕顫抖著，指關節都泛白了。痙攣持續了很久。她屏住呼吸，注視著看起來很神聖的左手。漆黑的房間內，他的左手綻放出因快感產生的熱量和光芒。

「……太厲害了。」

左手這才回過神似的用沙啞的聲音說道。

「妳讓我休息一下，這次輪到我了。」

她把男人張開的左手蓋在臉上，用舌頭輕觸滲著汗的掌心。

「如果你不行，先不要管我沒關係。」

左手的聲音近得似乎可以感受到他的呼吸。

「等一下就輪到妳了，要做好心理準備。」

終於恢復呼吸的左手親吻般的輕輕壓著她的整個臉，慢慢滑向脖頸。在喉嚨凹陷的地方稍微休息後，爬上上下起伏的柔軟胸部。她閉上眼睛，躺在枕頭上，左手笨拙的解開她綁在胸前的浴巾。

雨、雨、雨。

這個短篇幾乎都是由回憶的畫面組成的。十張稿紙的掌篇小說的優點，就在於下筆之前，完全不需要考慮故事的架構。這次，我決定以雨為主題，想到什麼，就不加思索的寫下來。在寫長篇小說時，由於發展的故事情節太強烈了，就連寫作的作家本身，也無法自由的創作。▼正如我在本篇中所寫的，我喜歡雨。讀國小低年級時，我不打傘，就這麼走路回家，那種感覺好像被雨水灌醉了。高中時的夏天，在雨中騎腳踏車，是難得的樂趣。最近，下小雨的時候，我也不習慣撐傘。▼有時候，會出乎意料的突然下起滂沱大雨。這種時候，就很感謝中國生產的塑膠傘。到處都可以買到，即使遺失了，也不會覺得心痛。上次，我去買了一把數萬圓的倫敦製高級傘，骨子裡就是窮人的我至今還沒有用過一次。奉勸大家，不要買不符合自己身分的東西。太失策了。

他喜歡雨。

因為覺得不好意思，所以，他從來沒有向別人提過這件事，但還是很喜歡雨。這是他從小到大始終沒有改變的癖好。

像煙霧般的綿綿春雨、像灰色螢幕般沉重的梅雨、豪爽的拍打地面的夏雨、猶如冰雪美人指尖般光滑的秋雨、像冰凍的銀針降落般的冬雨。

無論任何季節，任何時候下的雨，他都喜歡。就好像雲不可能出現相同的形狀一樣，雨也富有個性，每一次都是不同的雨。

第一次被雨淋得渾身濕透，是在進入國小的第二個春天。

以小孩子的腳力從家裡到學校，差不多要走十幾分鐘。穿著黃色雨衣、拿著黃色雨傘的他，放學後獨自走出校舍。走到校門之前，因為和其他同學同行，所以一起撐著傘。

「再見。」「再見。」

互道再見後，他看著鳥獸散的同學的背影遠去，立刻收起傘，仰望著天空。溫溫的春雨不停從天空飄落，飄到眼前時，還可以看到，一旦滴進眼睛，就再也看不到了，在帶給眼球表面少許的涼意後，便消失無蹤了。

他避開商店街，從小巷走回家。他把收起的雨傘背著手拖著，一直仰望著雨天的天空。雨不僅打進眼裡，也淋濕了臉頰和頭髮，順著脖頸，流到了背後。即使如此，他臉上的笑容始終沒有消失。

走過十字路口時，他想到一個好主意。他要嚐嚐雨水的味道。渾身淋得像落湯雞的國小二年級學生張大了嘴，對著天空。

雨帶著灰塵的香味，有一點苦，打在舌頭上有點麻麻的。然而，當他喝著雨水走了幾步後，很快就適應了這種味道。些微的刺激反而更襯托出水的味道，好像在喝低碳酸飲料。

男孩直接回到了父母都外出工作、空無一人的家。換下淋濕的T恤，用毛巾粗暴的擦了擦頭髮，躺在緣廊上。他想看雨水像音樂般充滿節奏地落在巴掌大的後院水窪中所產生的漣漪。

他用從幼稚園開始就陪伴著他的藍色浴巾包住身體，一直看著雨中的後院。當烏雲密布的天空微微滲出夕陽的玫瑰色時，男孩沒有察覺自己已經睡著了。

之後關於雨的記憶是在十年後。

喜歡雨的男孩已經成為都立高中二年級的學生。從剛搬家的家裡到學校要搭公車再轉電車，總共要花一個小時的時間。他討厭尖峰時間的擁擠，雖然可以在車上看文庫本的書，時間不會浪費，但他無法忍受和許多人一起被塞進用金屬和玻璃做成的箱子裡。

於是，他決定騎腳踏車上下學。他利用存下來的零用錢買了一輛法國生產的比賽用車。賽車專用的腳踏車輪胎只有一個大拇指的寬度，重量只有十公斤出頭，兩根手指頭就可以輕鬆抬起。如果切換到最大檔，用力踩踏板，在平地可以騎到時速四十公里，如果是下坡道，可以達到六十公里。

換了腳踏車後，上、下學的時間縮短到三十分鐘。不僅可以節省一半的時間，也省下了公車和電車的車錢，而且也不會被陌生人擠得東倒西歪。騎車上學可以成為很好的運動，迎風騎車的感覺也很舒服，簡直有百益而無一害，只有一點頗傷腦筋。

那就是下雨。早上下雨的時候，他第一節課都會蹺課。星期一早上下雨最糟糕了，因為第一節剛好是他討厭的數學課。他每次都睡到時間剛剛好，所以如果不能騎腳踏車，他就會遲到。

雨天的早晨，他只能搭公車和電車去上課，但他不喜歡緊閉車廂內悶熱的感覺。上高中後，蹺第一節課根本不是什麼了不起的事。只要去屋頂看著雨打在水泥上，等待鐘聲再度響起就解決了。

雨天的時候，騎腳踏車回家也樂趣無窮。早上還一片晴朗，天氣卻在上課的時候變了臉，開始下起了雨。夏天的陣雨最棒了。他每次都讓大顆而溫暖的雨滴淋濕全身，甚至騎腳踏車繞遠路回家。原本最快三十分鐘就可以到達的路程，往往會因此延長到一個小時、一個半小時。

比賽用車力求輕巧，只有最低限度的零件，輪胎當然裸露在外，根本沒有擋泥板。在雨中騎車後，白襯衫的背後總會留下一條濺起的灰色泥水痕跡，然而，他還是對雨中騎車欲罷不能。只要露出「怎麼突然下雨了，真傷腦筋」的表情，就可以盡情的享受夏日的陣雨。如果只是散步，絕對無法享受這種樂趣。到處都有賣塑膠傘，如果有人渾身淋得像落湯雞走在街上，一定會引人側目。

騎腳踏車時，可以盡情的享受雨水。有一座長度將近一公里的長橋橫跨了寬敞的送水路。有時候可以在橋上看到彩虹，七彩的半圓跨越了東京的天空。他用相當於步行的緩慢速度騎在人行道上，看著汽車濺起水花，一個人沉醉於七彩的神奇光束和柔和的雨絲中。

大學畢業後，他選擇成為自由業。兩年期間，他靠四處打工為生。地鐵工地、倉庫管理員、家庭教師。其中，工地現場的警衛工作做得最久。

那是東京灣旁的高速公路工地，周圍除了工地車輛以外，並沒有其他的車子經過。一天之內，引導車輛的工作屈指可數。

他只要把小型收音機掛在圍籬上，在門口站一整天就可以下班了。風大的日子，必須用水管灑點水，用掃帚掃一下馬路，避免塵土飛揚。除此之外，當有人經過時，要向他們打聲招呼。

雖然夏天的太陽令人生畏，但一旦習慣了，對年輕人來說，站七個小時的工作和酷暑根本不是問題。而且，曬得黑黑的，感覺好像更健康了。只要站在那裡，心不在焉的想自己的事，就可以領到為數不少的打工費。

他認為，這份工作的優點，在於不具有任何生產性。一天結束，可以領到一定的金額。既沒有成就感，也沒有滿足感，更沒有努力和目標，只是用時間換取金錢。不擅長和人交際的他，很適合這份工作。

做這份工作時，雨也是他的最愛。在制服外穿上透明的雨衣，站在雨中，就令他感到心情舒暢。他站在門口淋著雨，輕聲哼起當時喜歡的歌。

即使雨水從安全帽和雨衣縫中鑽了進來，淋濕了制服，他也不以為意。即使雨靴中積了水，他也毫不在乎。工地現場正在趕工，除非遇到暴風雨，否則，普通的雨根本不可能停工。

無論工人還是現場的監工，都被雨淋得濕透。起重機和水泥攪拌車也都淋濕了。濕濕的水泥嘩啦嘩啦的倒進了被雨淋濕的模板和鋼筋。即使是雨天，水泥也會變乾。那實在是很奇妙的光景。

又過了將近二十年，他成為小說家。即使現在，如果只是小雨，他幾乎不會撐傘。他仍然喜歡雨，討厭雨傘。

遇到煙雨濛濛的霧雨時，他會特地外出散步。細雨淋濕了肌膚表面，還來不及變成水滴流下來，就被體溫蒸發了。這種時候，他會心情愉快的構思如何將這場雨運用在下一部作品中。

即使是令人憂鬱的梅雨季節，對他來說，也完全不是問題。陰沉的天空、降雨機率、梅雨情報，這些帶著潮濕空氣的字眼，就可以令他雀躍不已。

沒有任何雨是相同的。

嫉妒。

對女人來說，這或許是一則驚悚故事。然而，的確有男人在妻子分娩後，出現了這種退化現象。對自己的孩子產生嫉妒，實在太荒謬了。然而，人類基本上就是一個黑箱，在陷入某種狀況之前，完全無法預測自己會做出什麼反應。▼

我家有兩個孩子。嬰兒實在很不可思議，前一天還不存在於這個世界，某一天，突然蹦了出來。他們半永久性的賴在家裡，一切無法重

來。而且，他們與生俱來有自己的性格和喜好，完全不顧父母的想法。這是生命的不可思議之處。▼

最近，少子化成為棘手的社會問題，我認為，生兒育女是一個不錯的經驗。當然，也有人選擇不生孩子（事實上，這種生活更安靜、舒適）。不過，生孩子至少可以讓人了解父母原來這麼隨便、不負責任。怎麼樣？不需要想太多啦。

裕一和智香是戀愛結婚的。裕一在外商電腦公司從事研究工作，兩年前，被公司調去當行銷工程師。由於薪水不變，丈夫又變得更懂得交際，讓智香為這種變化感到高興。裕一從事研究工作時，每天上班都是一身輕鬆的裝扮，調任行銷工程師後，上班都會穿西裝、打領帶。智香喜歡看男人穿西裝的樣子。

結婚邁入第五年，生兒育女的事成為兩個人話題的中心。雖然他們沒有決定當頂客族，卻始終沒有好消息。他們不想太過刻意，所以，無意去婦產科檢查。同時，也擔心萬一檢查出是某一方的問題，會影響婚姻生活。他們並非沒有性生活，每個月都定期的享受魚水之歡，只是一直沒有開花結果而已。

智香每次看到手掌般大小的帽子和鞋子等可愛的東西，就會買回家放著，隨時迎接小寶寶的到來。裕一也一樣，經常會買一些新生兒用的玩具和絨毛娃娃。還沒有出現的小寶寶已經在他們臥室的衣櫃裡有了專屬的空間。

慶祝木婚紀念日那天成為一個特別的夜晚。他們來到車站附近一家熟悉的義大利餐廳，裕一點了香檳作為開胃酒，智香點了葡萄柚汁。

「妳怎麼了？今天身體不舒服嗎？」

智香平時喜歡喝葡萄酒。她把雙手放在平坦的腹部。

「最近喝酒都覺得沒什麼味道，我有點擔心，所以今天下午去醫院檢查了一下。」

「妳腸胃不好嗎？」

智香面帶微笑的說：

「不是，好像有了。」

裕一臉色一變。

「妳有身孕了嗎？」

智香點點頭。

「對，醫生說，已經懷孕九週了。」

裕一顯得十分激動。他脹紅了臉，一口氣喝乾了香檳。

「太好了。雖然我沒有告訴妳，但我爸媽一直很擔心。聽說五週年的木婚是為了紀念夫妻已經合而為一，成為一棵樹，所以才叫木婚的。這麼一來，我們家終於有了新成員。」

丈夫的這番話，令智香感到高興。她很感謝裕一不同於時下那些有戀母情節的男人，願意成為保護自己的盾牌。

那天晚上，智香光是喝新鮮葡萄柚汁就已經沉醉了。幸福不是努力的結果，而是像變化無常的風一樣突然現身。孩子是上天的恩賜。年輕的母親沉醉在這句話的甜蜜和感激中。

之後的八個月，裕一對妻子體貼入微。他每天早早下班，代替身體不便的妻子張羅家務事。以前從來不曾在飯後幫忙整理的他，竟然心情愉快的洗碗。他不讓妻子提重物，也親自用吸塵器吸地。現在的婦產科不會告訴孕婦胎兒的性別，所以，衣櫃裡男寶寶和女寶寶都適用的衣服和玩具越來越多。

智香在最適合分娩的初春季節生下了健康的女兒。裕一提早下班，進入分娩室陪產。他拿著攝影機，眼淚模糊了他的視野。

他們的女兒取了兩個人都很喜歡，也很適合這個季節的「翠」這個名字。分娩一個星期後，智香順利返回自己家中。

照顧新生兒比在育兒書上看到的更加辛苦。白天的時候，智香的母親會來幫忙照顧，但晚上就必須自己來了。翠雖然很嬌小，但哭起來的聲音好像在拉警報。無論睡在三房一廳的哪一個房間，都會被她吵醒。而且，她準確的每隔兩小時就哭一次，好像用馬錶計算過。智香因為睡眠不足，整天昏昏沉沉，但還是努力照顧嬰兒。

和裕一相處的時間越來越少。原本對翠疼愛有加的裕一，在母女出院三星期後，不再去嬰兒床旁看女兒。只有在她睡著的時候去戳戳她的臉，好像在確認她是不是還活著似的。

裕一每次從公司回家，都會站在門口不肯進屋。尤其當智香忙於照顧嬰兒時，他會一直站在玄關，不肯脫下鞋子。當智香幫女兒換好尿布走出來時，裕一露出撒嬌的表情說：

「幫我脫鞋子。」

智香起初以為丈夫在開玩笑。

「我正在忙，你不要鬧了啦。」

因為睡眠不足的關係，語氣很不耐煩。裕一的臉色大變。

「妳說什麼？妳照顧我是應該的，不要突然從妻子變成母親。」

他把一隻腳放在門框上，怒目圓睜的說。

「幫我把鞋帶解開。」

智香嘆了一口氣，蹲了下來，幫他解開鞋帶，並幫他脫下潮濕的皮鞋。裕一把手向下一伸，想摸她的胸部。智香撥開丈夫的手說：

「不要啦，我馬上就要餵奶了，現在脹奶很痛耶。」

表情頓時從裕一的臉上消失了。他走進自己的房間，那張臉好像木雕面具。翠長大以後，這裡將成為她的房間，目前暫時作為裕一的書房。

裕一的孩子氣越來越嚴重。他完全不想抱翠。智香餵奶時，他始終用忿恨的眼神看著嬌小的女兒。吃飯的時候，他經常不動筷子，叫智香餵他。智香餵他時，他真的會做出像嬰兒般開心的表情。智香有時候會覺得很噁心，但還是對裕一的行為很忍耐。因為，除此以外，他真的是一個認真工作的理想丈夫。

星期天下午，智香向裕一打了聲招呼，去附近的超市買菜。差不多該買一些斷奶食品，而且，紙尿布也快用完了。

裕一躺在沙發上看ＩＴ相關的商業書籍，隨便應了智香一聲。雖然只是去附近買東西，智香還是很高興有獨處的時間。

育兒過程中，最痛苦的不是睡眠不足，不是餵奶、換尿布，而是被剝奪了屬於自己的孤獨時光。在大型超市悠閒的買完東西後，智香還是在傍晚之前趕回家裡。那是不到兩個小時的奢侈時光。

剛站在公寓的鐵門外，就聽到翠的哭聲。雙手拿著紙尿布和晚餐菜餚的智香慌忙打開門鎖，踢開拖鞋，衝進客廳。

映入眼簾的光景令她感到整個世界都崩潰了。翠被丟在木質地板上，丈夫裕一則光著腳，踩在三個月大的嬰兒肚子上。他好像在踏青竹般有節奏的上下踩著。

「你在幹什麼？」

智香驚聲尖叫著衝了過去，把丈夫推到一旁，抱起翠，為她擦去臉上的淚水。裕一雙手撐在身後，茫然的看著哭泣的妻子和女兒。

一星期後，智香帶著翠離家出走，回到附近的娘家去了。三個月後，他們離婚了。無論怎麼溝通，裕一對親生女兒的嫉妒絲毫不減。不僅如此，他甚至提出，為了恢復以往的婚姻生活，要把翠送給別人當養女。

智香已經搞不清楚什麼是愛了。把戀愛的時間計算在內，她和裕一共同生活了七年多。裕一不僅認真老實，也富有幽默感，應該是一個理想的丈夫。當智香因為婚禮的事和公婆爭議時，裕一也力挺妻子，是時下難得一見不依賴母親的獨立男人。

然而，他卻因為對期待已久的孩子產生的嫉妒陷入了瘋狂，他忘記了常識，逐漸退化，彷彿變了一個人。到底要了解一個人多深，才能真正的愛他？智香餵著天真的女兒吃斷奶食品，對人心的高深莫測感到恐懼。如今，無論看到任何人，都覺得好像是對這個世界張開大口的黑洞。

一年後，翠第一次開口叫「媽媽」。女兒至今仍然不知道「爸爸」這個字眼。

奧運人。

那個故事來自於在某家銀座酒吧的談話。那位女子有一個每隔四年見一次面後，會共度一晚的男人。他們彼此平時沒有聯絡，卻會偶然巧遇。聽見這個故事時，我已經有點醉意，但還是觸動了我身為作家的嗅覺。當我在思考有沒有什麼理想的主題時，這個五年前聽過的故事突然清晰的浮現在腦海中。▼既然每隔四年碰面一次，可以結合奧運的概念來寫。而且，寫這個短篇時，剛好是雅典奧運剛結束的晚夏，真是最佳時機。在許多日本人為柔道和女子摔角的結果一喜一憂之際，也發生了這樣的邂逅和離別。我很喜歡這份惆悵。▼如果有一個每隔幾年就相見的人，也許日常生活會比現在更快樂一些，也更有生活動力。然而，四年才見一次，轉眼之間就年華老去。因為，二十年只能見五次面。每次見面，體重就漸漸增加，頭髮也漸漸花白。這種感覺很有趣，改天來寫個長篇吧。

押谷綠似乎有一個習慣，每隔四年，也就是在奧運舉辦的那一年，就會遇到瓶頸。那不能說是習慣，應該說是命運的低潮以四年為週期固定出現。

上次雪梨奧運時，她為轉職的事深陷苦惱。之前的亞特蘭大奧運時，她正忙於求職活動，在面試時遇到二十七連敗。現在回想起來，很慶幸最後還是在畢業後馬上找到了工作，轉職的事也很順利。

然而，每當陷入瓶頸的低潮時，抗壓性很低的綠整天都想嘔吐，總是抱著腸胃藥不放。在去面試途中或是工作到一半時，經常衝去廁所嘔吐。不僅胃出了毛病，皮膚也變得很差。而且每次都會因為憂鬱引起失眠。

雖然一心期望這一次可以順利度過，沒想到，在雅典奧運舉行的同時，命運的大浪再度吞噬了綠。而且，一切都很出乎她的意料——男朋友末田精一突然不想訂婚了。

精一和綠都見過了雙方的家長，已經進入準備訂婚的階段。綠二十九歲，精一比她大兩歲，今年三十一歲，已經交往了三年。以雙方的年齡來說，差不多應該結婚了。沒想到，在最後的緊要關頭，對方突然退縮起來。

綠陷入一片混亂，也極度難過。一方面是自己的情緒受到影響，但她更不知道該如何向期待她結婚的父母啟齒。在雅典奧運開幕式的同時，再度開始了吃腸胃藥和嘔吐的日子。

無論她怎麼逼問，精一只回答說，「只是暫時還不想結婚」而已。目前似乎沒有第三者的影子，也不是因為工作上的煩惱，雙方都是平凡的上班族家庭。由於不知道原因，所以不知道如何因應。

綠真的被逼入了絕境。

最痛苦的就是週末的兩天假期。她會假裝約會而走出家門，卻不知道該去哪裡，也不知道該去見誰。她漫無目的地走在街上，獨自喝咖啡，走進滿是情侶檔的電影院。

這一天，她也一身約會裝扮，走在陽光像夏日般熾烈的銀座並木大道上。她從小就經常來銀座，這裡是令她心情放鬆的街道。在綠的眼中，其他鬧區都是十幾歲的小毛頭出入的地方，所以，她和精一經常來這裡約會。

那個男人從最近突然增加的海外名牌精品旗艦店走了出來。他輕輕點了點頭，走出門僮為他打開的玻璃門。他穿著象牙白的棉質長褲和深藍色水洗皺布料材質的夾克。看到他側臉的那一剎那，綠叫了起來。

「八代。」

男人皺著眉頭看著綠，立刻笑逐顏開。

「啊喲，原來是押谷，真是好久不見啊。」

綠內心為久違的巧遇感到興奮不已，連說話的速度也情不自禁的加快了。

「四年了耶。上次見面，是高橋選手在雪梨奧運上獲得馬拉松金牌的時候。」

八代靖春比之前更穩重，感覺也很成熟。

「對啊，四年沒見了。妳好嗎？」

綠也發現自己的聲音變得嬌媚起來。

「一點都不好。」

「妳又遇到問題了。」

綠抬頭看著靖春一臉事不關己的表情。他總是悠然自在，完全沒有汲汲營營的感覺，和大學時代沒什麼兩樣。綠鼓起勇氣問：

「八代，你有空嗎？我想和你聊一聊。」

啊哈哈。靖春笑著說：

「每次見到妳都是這樣。沒問題，反正，我也只是在逛街買東西而已。」

他們走進第一家看到的咖啡店。綠花了三十分鐘，把自己和精一目前所處的狀態一五一十的說了出來。與其說是商量，更像是她單方面的傾訴。即使遇到這種情況，靖春也不會說教，更不會斥責她，只是面帶笑容的傾聽。這種地方，和拘泥小節的精一完全相反。或許是說得太亢奮了，綠雙眼發亮，臉頰紅通通的。

「我好像該重新考慮一下和他的婚事。我沒想到他竟然是這麼優柔寡斷的人。我並不是說他不可以獨自煩惱，但他對我的態度很冷淡，也完全沒有考慮到我的家人。」

靖春注視著綠。

「現在的情景和四年前，還有八年前很相像。當時妳也為公司的事煩惱。」

沒錯。不知道為什麼，綠每次陷入煩惱，就會遇到靖春。這種不可思議的偶然已經發生第三次了。今天也會像之前兩次那樣嗎？想到這裡，綠的身體便熱了起來。開著冷氣的咖啡店令她感到窒息。

「至少，妳之前兩次擺脫猶豫，做出的決定是正確的。當初就職的那家公司的確差強人意，轉職也讓妳更上一層樓。這麼說，這次最好也不要輕易做出結論，也許妳應該和他結婚。」

「真的嗎？你真的這麼認為？」

靖春莞爾一笑。真是令人心痛的笑容。

「嗯，所以，這次應該不行吧？」

綠張開嘴巴時，發現嘴裡特別黏。難道是口渴的關係？綠用沙啞的聲音說：

「沒關係。誰教他讓我這麼痛苦，又對我置之不理。他還說，要彼此冷靜一下。

我們走吧。」

「真的可以嗎？」

綠默默的點點頭。和靖春在八年前亞特蘭大奧運，以及四年前雪梨奧運那一年見面時，也是在聽了她的滿腹牢騷後，發生了一夜情。綠只有和這個男人有這樣的關係。他人很好，長得也不錯。雖然對他有好感，但並沒有進一步的發展。說起來，他的存在很不可思議。每年最多聯絡一、兩次而已，卻會事隔四年後再度見面。

靖春拿起帳單站了起來。

「我還以為在這之後就沒有後續了。不過，這是妳第三次坦然面對自己。我想，妳還是應該和他結婚。」

靖春笑著說。綠想起了他裸露的胸膛。之前兩次看到那個胸膛都是在夏天，所以，綠所知道的靖春胸膛總是被汗水濕透。

走出銀座的咖啡店，在並木大道上攔了計程車。一坐進後車座，兩個人都突然沉默起來。他們冒著汗的手握在一起，靖春的指尖緩緩撥弄著綠的手。

手背、手掌、指尖、手指的縫隙和手腕的薄嫩肌膚。二十五分鐘後，到了位在五反田商店街內的賓館。他們在櫃台拿了鑰匙後，走進充滿霉味的室內。在昏暗的逃生燈光照射下，兩個人來不及洗澡就抱在了一起。

綠完全投入，似乎想把累積在身心的污水傾瀉出來。在這一瞬間，不需要思考。在這裡，無論叫得再大聲，無論多麼失控都無妨。可以自由的解放自己所有的一切。在靖春面前，不需要維持和未來的丈夫在一起時的那份矜持，只要自在的追求自己的慾求就夠了。第三次衝上顛峰後，綠倒在靖春的胸前哭了一會兒。她很清楚，自己不是基於對精一的罪惡感和後悔而哭泣，而是為平時的自己感到悲哀。每隔四年，才有一次的機會可以這樣坦誠面對自己，而且，只能維持幾個小時而已。

這時，綠很清楚的領悟到，自己將會和精一結婚。明天又將回到無聊的職場，扮演優秀的員工。結婚之後，也會假裝幸福。

不久之後，自己將越來越會偽裝，也許真的以為自己很幸福。自己將規規矩矩地走在別人為自己決定的人生軌道上，回到原來的生活。

然而，此刻的綠清楚的看清了所有的謊言。活在謊言中的自己正赤裸裸的在這裡哭泣。綠抬起頭說：

「我會把我男朋友的決定告訴我父母。你帶給了我勇氣。我想，我會和他結婚。」

綠再度將臉埋進靖春的胸膛。事隔四年的裸露胸膛被兩個人的汗水沾濕了。

# LOST IN 澀谷。

我盡可能如實的描寫某個秋夜，在參加聚餐結束後，獨自迷失在澀谷街頭時的印象。留鬍子的阿拉伯人，還有注視著打開的手機的女孩，都是那天晚上的真人真事。澀谷的街道也幾乎真實呈現。街角賣假勞力士的人、深夜仍然人滿為患的速食店、車站前十字路口的巨大螢幕。這些情景，可以令人充分了解都市到底靠什麼生存。▼在如此眾多的人群中，卻可以享受孤獨。我認為，這就是這個街道有趣的地方。而且，這個街道本身也以每個孤獨的人想要和別人產生交集，而向周圍發出的慾望和金錢作為原動力，日夜重複著彷彿無限軌道上的旋轉運動。▼我喜歡東京的鬧區，不光是池袋而已。就好像泡溫泉，把自己浸泡在深不見底的熱水中一樣，融入街道的空氣是一件愉快的事。每個人都很孤獨，每個人都很愚蠢，每個人都很惆悵。每個人都虛張聲勢，每個人都努力表現自己美好的一面。大家都在逞強，這一點不是很可愛嗎？我像故事中的主角一樣，走在沒有名字的小巷內，思考著這些事。

星期六晚上的澀谷，是一個不可思議的街道。眾多男女散發的熱氣，使空氣變得模糊起來。慾望的熱量似乎有濃有淡，眼前的街道和建築物感覺很模糊，但只要轉過這個街角，就可以看到鮮明的霓虹燈浮在半空中。

我獨自走在夜晚的澀谷街頭。迎面走來留著鬍子的阿拉伯人突然問我：「你在找什麼？」這種時候，只要很自然的搖搖手，回答說：「沒找什麼。」就可以打發他們。對方並不會強迫你買東西。賣這種來路不明東西的人，居然也很有紳士風度。

我走進位在西班牙坡中途的義大利餐廳。桌上鋪著紅白相間的格子桌布，椅子漆成深綠色。我點了有新鮮蛤蜊的蒜香義大利麵和凱撒沙拉，看著外面坡道上來往的人潮。

不知道從什麼時候開始，東京的流行趨勢變得模糊起來。以前，只要流行白襯衫，走在街上的一大半年輕女人都會穿著剪裁略有差異的白襯衫。如今，流行變成了局部性的存在。就像小小的熱帶低氣壓，在不知不覺中形成，還沒有受到別人的明確認同，又在不知不覺中消失了。今年秋天的熱帶低氣壓是胸前鑲著金銀線和假鑽的T恤，但勢力似乎不太強。

我欣賞著那些不想和別人撞衫的女孩子。

「讓你久等了。」

隨著一陣大蒜的香味，義大利麵送了上來。這幾年來，盤中的義大利麵完全變了樣。價格雖然相同，麵的分量卻增加了三、五成。我的食量本來就不大，很希望可以維持原來的分量，把價格降低一點。

看著在夜色中瞬息萬變的澀谷街頭，我獨自吃完了晚餐。我並不討厭一個人吃晚餐，可以很快就吃完，也可以思考很多事。醬料味道太重的沙拉有一半沒吃完，我喝著雙份的Espresso。Espresso果然不能用喝的，而是必須啜飲。我思考著這種毫無意義的事。

走出位在西班牙坡的義大利餐廳（好像叫「巴黎的美國人」），我慢慢的走上坡道。經過公園大道，走進了淘兒唱片行。這裡的古典音樂區裡的CD是全東京最齊全的。當年，我剛開始聽古典音樂時，覺得這裡的古典音樂區簡直就像是迷宮，每次都令我頭痛不已。如今，即使不看第一個字母，也知道哪個架子上放著哪一位作曲家的作品。一直耗到打烊，才買了一張CD。我不想聽悲傷的樂曲，所以，選了一張年輕的莫札特在米蘭寫的六首弦樂四重奏。每一首曲子都是最長不超過十幾分鐘的小品，聽起來的感覺就像吃小餅乾一樣格外輕鬆。

來到澀谷的街上，發現自己竟然無事可做。人行道上擠滿了前往JR澀谷車站的人潮。澀谷的夜晚有各種不同的人潮。晚上九點之後，人潮就會改變，是第一批夜遊的人返家的時間。

我不加思索的加入了人潮。每個人似乎都有伴，沒有伴的人玩著手機，似乎顯示和別人有交集。人們聲嘶力竭的大聲說話。人群中，只有我孤單一人。走到澀谷車站時，我失去了方向。我不想這麼早回家。無奈之下，只好站在忠犬八公廣場前，假裝在等人。星期六的晚上，每個人都快樂無比。已經有幾個醉鬼需要朋友在一旁照顧；也有兩個男人不斷向結伴經過的女孩搭訕。我站在好像海水浴場更衣室般的廣場前三十分鐘，看著十字路口對面的巨大電子佈告欄。

義大利足球隊像變魔術般的射門鏡頭、十五歲的女歌星唱出極其悲愴的歌詞、哪個高級名牌推出滿是洞洞的牛仔褲、德國製的銀色轎車在高速公路上可以飆到時速兩百五十公里。雖然每件事都和我無關，然而，看著這些新聞，可以順利的打發時間。我發現一件理所當然的事，這個街道只是把我當成了提款卡。

我假裝等人等累了，走去互動式多媒體資訊站（Kiosk），想找可以幫助我在午夜之前消磨時間的東西。報紙和週刊都不行，一下子就看完了，而且，當時的心情也不想詳細了解別人的不幸。

旋轉陳列架上擠滿了文庫本。《血型占卜》、《動物占卜》、《董事會的陰謀》、《人妻慘叫．蹂躪蜜桃》、《為什麼一朗在大聯盟獲得成功》。小小的陳列架上排列著顯示人類無窮好奇心的書名。

我拿起幾本書，確認內容後，看了解說。我習慣先看解說。這是在零用錢很少的小學生時代為了避免買到自己不喜歡的書，自然而然養成的習慣。大部分走向車站的客人都買口香糖和體育報。只有我一個人站在互動式多媒體資訊站的角落，慢慢尋找文庫本。

最後，我終於買了兩本。一本是像智力猜謎般的推理小說。書中並沒有人物出現，像卡通主角般廢話連篇的角色成功的偵破了在三重密室內發生的殺人命案。這種內容很適合我當下的心情。我不想看正經八百的內容，也不想面對真實世界的頑強和空虛。

第二本是與運動有關的傳記，描寫登頂聖母峰的歷史，同時介紹最新的高科技登山用品。我自己絕對不會去登山。以前不曾去過，以後應該也不會去。然而，我喜歡看一些詳細描寫和我毫無關係的書。也許我不是從現實的角度，而是用幻想小說的角度在欣賞。

我拿著兩本書，漫步在文化村大道上。看到一家速食店，就走了進去。我坐在窗邊的吧台座位，喝著只有顏色、沒有香味的咖啡，輪流看著兩本書。這是看兩本不怎麼有趣的書時的有趣閱讀方法。

窗外的年輕情侶好像異常增殖的浮游生物般飄來飄去。明亮如白晝的人行道上，外國背包客無精打采的賣著假勞力士。

我感覺到有人在看我，猛一回頭，發現隔著兩個沒有人坐的酒吧椅之後，有一個二十多歲的女人看著我。她的面前放著一支敞開的手機。我目不轉睛的看著她，她終於移開了眼神。

當我把兩本文庫本都看了一百頁時，已經半夜十二點了。速食店要打烊了。客人在悲傷的旋律聲中被趕到了馬路上。

我筋疲力竭，轉進小巷，在已經拉下鐵門的精品店前的水泥階梯上席地而坐。

「你也是一個人吧。」

抬頭一看，原來是剛才店裡的女人。我還來不及開口，她就一屁股坐在我旁邊，面對著我。

「我今天本來要約會的，但對方放我鴿子，也沒有和我聯絡。要不要一起去喝酒？」

我看著她的側臉。雖然她的五官端正，但臉上的表情很頹廢。

「不好意思，我不能去。」

她似乎對自己的要求竟然遭到斷然拒絕感到難以置信。

「我剛才就在觀察你，你根本無事可做，不是嗎？」

「對，我無所事事，等一下也沒有節目。」

我笑了笑。她說：

「那和我玩就好了嘛。末班車應該已經開走了，你回家也一個人吧？」

我闔上了一直敞開的文庫本站了起來，拍了拍穿著牛仔褲的屁股。她驚訝的仰頭看著我。

「你要走了嗎？為什麼？」

我對她說了聲再見，邁步離開。我上星期六才剛和女朋友分手，今天只是基於惰性來到我們平時約會的街道。眼睛所看到的一切，都殘留著我們的記憶。

我住的地方距離澀谷有三個車站，但我決定走路回家，不搭電車。因為，我無法忍受末班車悶熱的孤獨。

# 土地精靈。

我買下如今居住的公寓還不滿四年。有朝一日可以有自己的房子固然不錯，不過，那應該是很遙遠以後的事了。以前一直這麼以為，沒想到，我遇見了「土地精靈」。所以，房屋仲介真的很可怕。▼我在衝動之下買的那塊土地，幾乎如作品中所寫的一樣，位在朝南斜坡的中央，視野很開闊，附近有一個市中心車站總站。第一次看到那塊地，就深受吸引。房屋仲介的業務員沒有得意洋洋，而是淡淡的告訴我這塊土地具備的三大條件。雖然我曾經猶豫，但一星期後，還是在合約上簽了名。我就像做生意失敗的演歌歌手般，突然背負起巨額貸款。人生真的永遠不知道明天會發生什麼事。▼我的確在結束和某位歌手的訪談後，利用晚上時間再去看了一眼那塊地。當然，我沒有遇到那個不可思議的少年。寫這個短篇的時候，心想如果可以對還貸款小有幫助就好了，所以，寫的時候也很輕鬆。總之，這也算是向新的土地打一聲招呼。我認為，土地是屬於大家的，我們只是短暫的生活在某一塊土地上，早晚還是要還給別人。

「這塊土地挖下去，可以挖到很多貝殼。」

房屋仲介公司的業務員說道。那是秋季連休三天假期的最後一天，東京的天空秋高氣爽，看起來格外開闊。弧形天空的角落，點綴著幾條像絲帶般的雲。

「什麼意思？」

對方不像是業務員，反而像是哪一所大學的研究人員。

「人類喜歡的居住條件，從繩文時代開始，就不曾改變過。」

我看著已經整過地的平坦斜坡。遠處的大馬路旁，高聳的辦公大樓好像牆壁般排列著。然而，只要轉進小路，就是寧靜的住宅區，簡直難以想像這裡位在市中心。可能因為附近沒有高樓的關係，所以，感覺天空格外開闊。

「有三個條件。首先……」

業務員伸手指向坡道下方。

「……必須位在朝南的斜坡上。在這裡，那個方向就是南方。」

我看著斜坡下方。一片綠意中，可以看到不少住宅的屋頂。好像每一格都塗成不同顏色的階梯一樣。

「第二個條件，就是斜坡下方有水質良好、適合飲用的河流。這下面就有河流。」

是喔。我不由得在內心感到欽佩。當初是因為他說有一塊很好的地，帶我過來看，我才來的，沒想到，竟然上起考古學的課來了。我有點懊惱。

「第三個條件是不是通風良好、採光佳？」

那位像學者的不動產公司業務員面帶微笑的搖搖頭。

「不，很遺憾，你說錯了。應該是後方必須有森林。空氣會比較乾淨，也有助於獲取果實和動物等食物。以前，位於北側的斜坡是一個很大的森林。」

我仰頭看著斜坡的上方。那裡建了兩幢差不多五十樓的摩天大樓。

「現在變成了車站。」

業務員點點頭。

「這塊地是東京都內難得能夠滿足這三大條件的土地，真的很物超所值。」

的確，這是一塊好地。這一點我完全同意。光是站在那裡，心情就格外舒暢。我漸漸憂鬱起來。如果買下這塊地，我就必須背負超乎我想像的一大筆貸款。

我穿著牛仔褲和舊舊的長袖T恤，一身假日的休閒打扮。腳上穿著慢跑鞋，在整理過的紅泥土地上走來走去。我現在住的公寓才住了幾年而已，住起來很舒服，交通也很方便。雖然夢想有朝一日可以自己蓋一幢房子，但應該是很久以後的事。我的頭腦很冷靜的做出這樣的判斷。然而，在秋天陽光的照射下，在這塊地上走路的感覺格外舒暢，根本沒有思考要不要買這塊地的問題。我信步走在上面，眺望四周的街道。仰頭試著測量天空的高度，豎起耳朵傾聽遠處高速公路的噪音。

業務員應該很有自信。他雙手抱在胸前，面帶微笑的看著我。

「這裡的感覺的確很棒。不過，我應該買不起吧。」

「別擔心，如果你要貸款，我可以介紹和我們交情不錯的銀行。我是幹這一行的，每年會接觸三、五百個物件。然而，很少遇到這麼完美的土地。你不妨好好思考一下。不過，這麼好的地，應該沒有太多時間讓你思考。」

我沒有在當天做出決定，業務員開車送我回家。只不過看了一塊地而已，但回家的路上，我竟然覺得好像剛泡完溫泉，心裡暖洋洋的。雖然以前曾經去看過幾次地，卻第一次有這樣的感覺，連我自己都感到納悶。

兩天後的傍晚，結束採訪後，我來到街上，就是那塊土地所在的車站附近。我在站前的一家熱鬧餐廳獨自吃了晚餐。我還沒有做出結論。於是，我臨時決定再去看看那塊地。從JR車站沿著長長的坡道走了大約十分鐘，經過大型的十字路口後，就不再有辦公大樓。我走進綠意盎然的住宅區，路燈的數量很少，昏暗的馬路上，幾乎看不到車子，也沒有人影。

上次看的那塊地在鐵管搭起的圍籬後方。我掀起藍色塑膠布，走進空無一人的空地。我站在空地的正中央，看著太陽下山後三十分鐘，殘留著微光的西邊，隱約看到首都高速公路的路線。我沿著四周的界線，測量著步數。我的步伐大約六十公分。走了一圈，測量了這塊地四周的長度。即使是晚上，這裡仍然感覺很舒服。白天，在陽光的照射下光線充足；入夜後，四周昏暗的環境更理想。正當我再度用步伐測量土地最內側那一邊的長度時，突然聽到一個聲音。

「你喜歡這裡嗎？」

我慌忙轉頭順著聲音的方向看去。一片雜草上，站著一個衣著奇怪的小男孩。這個差不多六歲的小男孩，他把劉海剪成妹妹頭，長相看起來很像女生。

「你什麼時候來這裡的？」

奇怪的是，這個突然出現的男孩並不會令我感到害怕。

「不知道。很久以前，我已經記不清有多久之前，我就在這裡了。」

男孩看著車站的方向。

「那時候，還沒有那麼高的房子，也沒有那麼多開得很快的車子。」

我看著男孩身上的衣服。那是一件款式很像作業服的粗布衣，細細的腰上綁了一根繩子。

「那時候，這一帶是什麼樣子？」

男孩興奮的說：

「這一帶統統都是森林，有許多果實、鳥和蕈菇。可以在河裡游泳，也可以抓魚。以前，這裡很溫暖、很亮，也不會潮濕，是很棒的地方。」

我對著男孩點頭。

「現在也一樣。你一直住在這裡嗎？」

「嗯，對啊。不過，我不會做壞事的。因為，你看到我也不覺得害怕，對嗎？」

沒錯。我並沒有對這個身穿不同時代衣服，突然冒出來的少年感到害怕。也許是因為他和我大兒子年齡相仿的關係。男孩有點不好意思的說：

「你住在這裡吧！我不會每天露臉的。只有這塊土地換主人的時候，我才會出來看一看。」

我好奇的問：

「什麼意思？」

男孩笑著說：

「即使是幾十年的短暫期間，我也不想和不喜歡的人相處。所以，我只是看一看，到底新主人是什麼人。」

我驚訝的看著男孩。

「你上次來的時候，不是感覺很舒服嗎？那是我動了手腳，調整了幾項條件。」

「你怎麼做到的？」

男孩很驕傲的說：

「改變風的感覺，減少陽光，讓這塊土地的味道變得濃一點。叔叔，你很適合這裡。只要稍微強調一下這塊土地的性質，就會自然而然的感到很舒服。」

男孩吃吃的笑著，繼續說道：

「不過，在那個房屋仲介所帶來的客人中，你的打扮看起來最窮。其他人看起來都是有錢人的樣子。」

我也對男孩笑了笑。

「你說得一點沒錯。如果我買下這塊地，百分之九十的錢都要向銀行借。即使這樣，我仍然應該住在這裡嗎？」

男孩半閉著眼睛，我無法分辨他的表情。他用分不清年齡的聲音說：

「你搬來這裡，和我一起生活吧。雖然並不是完美無缺，但這塊土地很適合你。人和土地之間能不能合得來很重要。」

我向男孩道別，走出圍籬。不用說，第二天一大早，我就打電話給那個業務員。

# In the Karaoke Box.

我參加了公共電視的某個節目。這個紀錄片的節目內容很特別，主要是由我訪談三名十幾歲的少男少女。我見到的分別是補習班學生、秋葉原的宅男高中生，以及在這個故事中出現的自由業女生。當初，正如故事中所寫的，是在卡拉ＯＫ店和最後那個女生見面。▼事實上，她那天的打扮比故事中更加與眾不同。而且，這個年輕女生竟然若無其事的笑著說，她已經好幾天沒洗澡了。那天晚上，是她來到東京的第三天。我這麼寫出來，也許會讓大家以為她很邋遢。然而，她身上有一種不可思議的清潔感。那是尋找忠於自我的生活方式的人，所特有的清潔感。▼雖然會陷入痛苦，也會陷入迷茫，然而，這個過程卻等於是在勇敢向前走。當時，她給我留下了這種強烈的印象。我們往往容易以貌取人。即使聲稱自己不是以貌取人的人，對別人的印象也有三分之二來自外貌和服裝。我想，我們應該也可以像她一樣，不再拘泥於外貌和年齡。

「音效師，可以了嗎？是，攝影機已經開始拍了。好，5、4、3、……」

最後兩秒無聲的倒數計時，導播做出了GO的手勢。地點是在新宿歌舞伎町的一家昏暗的卡拉ＯＫ店。我的對面坐著一個手上綁著粉紅色紗質緞帶的女孩。我的正面有一台攝影機，專門拍攝我的臉，斜斜的帶到了她裸露的肩膀。另一台從我的右側拍攝著她塗滿白色遮瑕膏的臉部特寫鏡頭。電視台的紀錄片拍攝工作正式開始了。

「我沒有什麼特別要說的，只是覺得，為什麼大人看到打扮不一樣的年輕人，就會有差別待遇。」

我觀察著她的打扮。她的頭髮染成鮮豔的粉紅色，銀色的接髮好像繞在聖誕樹上的銀蔥條，和參差不齊垂在前額的長長劉海形成了對比。時序已經是寒冬季節，她穿著露肩小洋裝，蕾絲的下襬勉強遮住了她的內褲。當她蹺腳時，可以看到她大腿深處的白色肌膚。在黑燈管照射的卡拉ＯＫ包廂內，白得好像發出藍藍的燐光。

我不太理解她說的差別是什麼意思。

「妳曾經因為這身打扮，有過不愉快的經驗嗎？」

「對啊，真的超火大的。你聽我說、聽我說！」

她很激動的拍了拍手說：

「當時我走在歌舞伎町，一個穿著西裝，有點年紀的大人竟然指著我，大聲的說：『看看，日本就是因為有這種妖怪，所以才會完蛋！』我實在氣不過，所以一直追著他到ＪＲ的剪票口，質問他說：『我有招惹你嗎？你有種看著我的眼睛，再說一次看看。』不過，那種歐吉桑，遇到這種情況，都會嚇得不敢說話。」

她才十幾歲而已。的確，無論誰打扮成什麼樣，都不會對社會造成危害，也不會妨害到那個男人。人有選擇服裝的自由。

「哇，妳真勇敢。」

「我不會輸給任何人，不管發生什麼事，我都不怕。反正，這種事不會要我的命。所以，我是膽大包天。」

她笑了起來，摸著脖子上的項鍊。她脖子上掛著無數條項鍊，簡直就像是飾品賣場。迷你麥克風就夾在其中的一條上。

「妳每個星期來新宿幾次？」

她老家在離群馬縣和埼玉縣交界處不遠的地方，離新宿應該有相當的距離。

「嗯，大概每星期兩、三次。」

「這麼說，也沒有很頻繁嘛。」

她搖了搖搽成粉紅色的指甲說：

「不是這樣的。因為我來一次很不方便，所以每次都會住兩、三天。也就是說，我每個星期有六天都會待在歌舞伎町。因為來回很麻煩，單程就要花三個小時。」

我發現她粉紅色指甲油的某些地方已經剝落了。仔細一看，她的指尖也粗粗的。右側的照明很強烈，讓我一半的身體都在發熱。

「這次妳來新宿幾天了？」

她摸了摸自己的臉頰，不知道是怎樣的感觸。她看著自己的指腹說：

「第三天吧。」

我訝異的問：

「這段時間，妳住在哪裡？要怎麼洗澡？」

「這次還沒洗過澡耶。晚上幾乎都在夜店，早上就去麥當勞或是漫畫店，一直晃到中午，傍晚之後再去夜店。啊，有些漫畫店也有沖澡設備，夏天我會去那裡。」

三天不洗澡，每天玩通宵。我覺得新宿好像變成了原始森林，她只是生活在原始森林中的野生部落的成員之一。

「妳應該不是整天一個人玩吧？」

「對。通常傍晚的時候，就會接到電話，討論要去哪一家夜店。只要去那裡，就會遇到朋友。」

我曾經在小說中寫過十幾歲的少女離家出走的故事。那是一個不幸的角色。然而，我從眼前這個笑盈盈的女孩身上感到強烈的生命力。她的笑容很開朗，很有魅力。

「那些朋友應該不是群馬人吧？」

「對啊，都是在夜店或是路上認識的人。」

我把「在路上認識的人」這句話儲存進內心的硬碟裡。改天要在池袋西口公園系列中借用這句話。

「妳和這些朋友一起玩了三天嗎？妳沒有男朋友嗎？」

她露出害羞的表情。

「啊喲，我覺得自己很正，但這兩年都沒有交男朋友。雖然我的朋友也有男的，不過，他們都和普通的女孩子交往。你不覺得我很正嗎？」

說著，她抬眼看著我。她那雙層假睫毛似乎可以發出羽毛拍打的聲音。我發現她兩個眼眸的顏色略有差異。

「妳是不是戴了彩色隱形眼鏡？可不可以看著燈光的方向？」

她把臉轉向燈光的方向，用粉紅色指甲撐開眼睛。右眼是鮮豔的藍色，中間有縱向裂開的貓眼。左眼是黃綠色配上黑色的瞳孔。

「妳是為了愛漂亮嗎？」

她又拍著手笑了起來。

「不是，本來有兩付隱形眼鏡，各壞了一個，所以剛好湊成一對。不錯吧？」

我只能苦笑。然而，左右眼的顏色不同，感覺真的很奇特。

「真有趣。也許，電視機前的觀眾看不太清楚。」

她輪流將黃綠色和藍色的眼睛對著攝影機看。雖然燈光有照到，但在昏暗的卡拉OK包廂內，應該看不太清楚。即使用肉眼看，也無法清楚看到不同的瞳孔形狀。

「妳家人有沒有說什麼？」

「完全沒有，我和家人的關係很好，每天都會打電話回家，也沒有吵架。」

「即使妳三天不回家，也沒關係嗎？」

「對啊，只要知道我還活著，他們就放心了。既沒有規定我不可以去新宿，也沒有叫我回去。也許，他們覺得等我玩夠了，自然會回家吧。」

我納悶的問：

「我發現，妳從剛才就一直很開朗，難道沒有情緒低落的時候嗎？」

「哈哈哈，當然有情緒低落的時候。」

她拍著手說著。她始終面帶笑容。三天不洗澡或許沒有問題，但她有刷牙嗎？

「不過，我不會再像以前那麼消沉了。我給你看。」

她翻起綁在左手上粉紅色的薄紗，那裡有好幾道隆起的傷痕。傷痕不同於正常的肌膚質感，好像膠帶般光滑。她堅強的笑著，可以看到她的牙齦。

「以前，我曾經自殺過好幾次。在讀我家附近的學校時，心情整天都消沉到極點。不過，來新宿後，一切都改善了。在這裡，可以找到朋友，快樂得不得了。」

我無言以對，注視著她滿是傷痕的手腕。她用指尖撫摸著泛白的傷痕說：

「留著黑頭髮，穿著制服跟黑襪，假裝乖孩子的時候，我三天兩頭自殺，每天都過得苟延殘喘，完全不覺得自己活著。來到歌舞伎町，穿粉紅色的衣服，頭髮也染成粉紅色，眼睛變成藍色，整個人都變了。我發現，原來根本不需要勉強自己和別人一樣，我可以自由自在。我在國中的時候，一直遭到霸凌。所以，現在算是長期的復健。」

我依次看著她染成粉紅色的頭髮、粉紅色的洋裝、粉紅色的絲襪和粉紅色漆皮高跟鞋。這套裝扮應該已經穿了三天吧。我突然覺得很好笑。

「這麼說，只要改變穿著打扮，就可以改變人生嗎？」

她的藍色貓眼笑了起來。

「當然可以改變。雖然人的心很難改變，但穿著打扮很容易啊。而且，也不會給別人添麻煩，想穿什麼，就穿什麼。」

我很認真的思考，明天開始，我也要在雙眼戴上不同顏色的隱形眼鏡，最好瞳孔的形狀也不一樣。即使是上了年紀的小說家，也可以想穿什麼，就穿什麼。

# I先生的生活和意見。

回想起來，以作家身分出道的前兩、三年，算是我人生的暑假。正如這個短篇中所寫的，每天草草應付完工作，就開始玩。雖然並沒有轟轟烈烈的玩出什麼名堂，但日子真的過得很悠閒自在。只要被原本就很喜歡的書籍和音樂包圍，就足以令我有幸福的感覺。我的幸福不需要花大錢，從小學生的時候開始，我就是一個很安靜、乖巧的孩子，和現在幾乎沒什麼差別。▼有一天，我突然想要寫小說，生活就完全變了樣。獲得新人獎之前，情況還不算太嚴重。當第一本書出版後，便讓我疲於奔命了。正如大家說的，成為作家很容易，持續當作家就很辛苦了。因為，前方是一條沒有止境的上坡。▼最近，看各大雜誌的新人獎，發現有越來越多的人想要成為作家。基於某些商業因素，得獎者年輕化的傾向也越來越明顯。不過，十幾二十歲的你，即使在出道之後，人生仍然必須持續。在累積大量素材後，再出道也不遲啦。

基本上，I先生是個樂天派。

他的大腦構造讓他天生就很樂觀。好事永遠都留在記憶中，不好的事情很快就忘記了。而且，他不需要努力，自然而然的就會這麼做。在生存上，遲鈍是相當佔優勢的特性。

三十多歲的I先生是從事廣告工作的自由業，泡沫經濟崩潰已經好幾年，雖然景氣始終在谷底無法翻身，但世界很大，個人很渺小。一人飽，全家飽，總有一些可以餬口的零星工作。I先生並不喜歡廣告的工作，所以無論接到哪一種工作，都維持著相同的冷淡態度和精力。雖然缺乏熱忱，卻可以快速而正確的完成工作。這個世界上有無數工作，即使不需要刻意尋找，適合I先生工作態度的工作也會自動出現。

雖然未來沒有保障，但生活卻很悠閒自在，物質不虞匱乏。I先生應該不會發想出劃時代的廣告佳句，他既不喜歡，也沒有興趣。年過三十後，I先生很清楚，如果自己不全心投入，無論在任何一個行業，都很難嶄露頭角。

只要他發揮天生的集中力，可以在兩小時內完成一天的工作。其他的時間，就是名副其實的自由業，可以到處遊手好閒。I先生很享受每天的生活。他住在銀座附近，上午完成分內的工作後，經常去銀座散步逛街。

他通常都去書店和唱片行，如果有喜歡的電影上映，就會走進電影院。偶爾會去精品店買名牌夾克和西裝，但每天持續這樣的生活，血拚的快樂也逐漸減少。

書和ＣＤ都以百為單位增加，然而，可以打動他的內容卻越來越少。當衣服塞滿衣櫃後，也就不想再買新衣服。他沒有其他事可做，只能用ＣＤ隨身聽聽著音樂，每天都在銀座來回散步很久。

三十出頭時，他的收入雖然比上不足，卻是同年齡上班族的三倍。他比讀大學時有更多的自由時間。每天過著學生時代嚮往的，與書、音樂和電影為伍的日子。而且，有一個年輕貌美的妻子，沒有任何不滿。

Ｉ先生的安樂生活持續了三年。

人永遠都不會知足。

無論身處多麼令人羨慕的狀況，都無法安於相同的環境。Ｉ先生痛切的認識到這一點。也許，這種生活很愉快舒適，然而，天堂會讓人厭倦。越安樂的生活，越讓他徹底感到厭倦。世界各地的宗教藉由宣揚各種天堂的存在，吸引了無數信徒，然而，Ｉ先生卻無法相信。

同世代的朋友雖然滿口抱怨，卻在工作方面很有成就感。相反的，自己每天都享受著有趣的書籍和音樂，所有商品都很優秀，然而，光是享受藝術，無法為Ｉ先生帶來任何幫助，充其量只能當一個很有品味的業餘愛好者。

正當I先生逐漸對閱讀、音樂和散步的生活產生厭倦的某一天，他去附近的便利商店，翻閱一本女性雜誌，剛好是星座占卜的內容。牡羊座的運勢如下：

「牡羊座在未來的兩年，將受到代表沉重壓力的土星的影響。必須真摯的面對人生，使自己內在的某些東西結晶化。這是未來兩年，你必須面對的課題。適合學習某些東西，或是挑戰自我極限。」

I先生心不在焉的看著，但看到「結晶化」這三個字時，對他產生了極大的震撼，看到最後的「自我極限」時，則終於下定了決心。廣告工作將會繼續持續，反正有得是時間。也許，讓自己的夢想付諸實現是一件有趣的事。當然，事情沒有這麼簡單。長期以來，寫文章和創作是所有喜歡閱讀的人的夢想，但那並不是一個簡單的世界。I先生想像著臉頰像蘋果般通紅的鄉下女孩希望成為女明星和歌手的情節。雖然他曾經閱讀大量書籍，但實際寫作又是另外一回事。I先生認為他對自己實力的評價很公正。

兩年的時間太短了。生活靠本業就可以維持，如果作為興趣嘗試，可以花五年的時間慢慢創作，有朝一日，最好透過關係認識某家小說雜誌的編輯部，偶爾把自己寫的短篇直接拿給編輯部的人看，應該很有趣吧。他的最終目標不是成為專業作家，而是出一本短篇小說集。如果可以代替名片發給人家，心情應該超好的，也可以把它當作一個無法實現的夢想說給小孩子聽。就好像一開始就已經介紹過，基本上，I先生是一個樂天派。

第二天，I先生就開始寫小說。由於他對成功根本不抱有任何期待，因此，寫作並沒有任何壓力。每天不需要費太大的力氣，就可以寫出一定張數的稿紙。不想寫的時候，乾脆休息一下，第二天再寫也沒有問題。不可思議的是，即使廣告的工作再賺錢，他也無法連續好幾天工作，然而寫小說的時候，無論寫再多、寫再久，也不知厭倦。

I先生寫的不是尋找自我的故事。他決定參加的文學獎，剛好要求的是娛樂小說。當然，I先生並不知道自己能寫什麼，所以，對於要參加哪一些獎項也抱著隨興的態度。對I先生來說，無論純文學還是非純文學，任何領域的小說都很有趣。二十世紀把小說的樂趣分得太細了，這是I先生身為讀者多年的意見。

I先生在創作方面並沒有任何理論。藝術理論的歷史是死人的歷史，雖然個別的作品會留下來，但創作上的理論都很牽強附會。藝術家也是人，他們只是希望用自己的觀點解釋所有的事物。尤其是越權威的人，就越想要用自說自話的邏輯網，包羅整個世界。人類想徹底理解世界，這種欲望無窮無盡。

在I先生開始寫作的半年期間，他寫過驚悚小說、純文學和幻想小說。結果大大超乎了他的預期。某一天，當他開完會回家，發現信箱裡有一封出版社寄來的信，上面蓋著快捷的紅色戳記。

I先生納悶的打開一看，原來是作品入圍最終評審階段的通知。I先生雖然喜歡小說，但從來沒有看過小說雜誌，所以，並不了解文學獎的評審過程。不知道必須經過第一階段、第二階段以及最終階段這三個階段的評審。事隔幾個月，突然收到這樣的通知，只讓他感到不可思議而已。

每次，他都把寫了地址、本名和大頭照的資料寄去。在夕陽照射的房間內，由妻子幫他拍大頭照，裝進信封裡。這一切感覺很像是在某部外國電影中看到的場景。默默無聞、貧困而又美麗。I先生雖然不貧困，卻是默默無聞的創作者。

事後回想起來，那段日子也許是成為小說家過程中最快樂的時光。

那是第三次入圍最終評審階段。他已經不太為這種事牽腸掛肚了。這一次，他的中篇推理小說入圍了最終評審。其實I先生很有把握。並不是對這部作品有把握，而是已經有連續幾篇作品都順利入圍最終評審階段，代表他已經達到了新人獎的水準。問題是什麼時候，哪一部作品可以得獎。

那天，I先生正在看電視上的世界盃足球比賽。傳統的日韓對決中，出現了在最後二十分鐘反敗為勝的結果。時鐘指向晚上九點。啊喲啊喲，這次又落選了嗎？這時，客廳的電話響了。

「恭喜你。評審決定，你的作品得獎了。」

I先生說了聲：「謝謝。」他的態度格外冷靜。掛上電話後，告訴了一旁的妻子得獎的消息。妻子向他道賀，他卻沒有真實感。那天晚上，他早早去洗了澡，上床睡覺了。

第二天早晨醒來，一切出乎意料的美好。好像終於從困住身體多年的沉重枷鎖中獲得了解放，陽光似乎也比平時更加燦爛。

那是秋季晴朗的一天。I先生又出去散步。走到銀座的十五分鐘間，街道竟然如此美麗，天空竟然如此蔚藍，隅田川的流水竟然如此舒緩。所有的一切，都是如此的美好。這時，I先生還無法預測自己的未來。翌週，妻子告訴他，肚子懷了他們的第一個孩子。在擺脫象徵沉重壓力的土星的第二年，他的書終於在書店出現了。被拍成連續劇的出道作品被稱為是「傳說中的連續劇」。樂天派對未來的天真預測被徹底顛覆了。I先生的故事必然還無法結束。

自卑。

我喜歡寫對話。如果光是寫對話，我可以永遠寫下去。只要決定兩個人的角色，對話就可以一直延續。對話是一種反射，只要在反應對方說話內容的同時，逐漸加入新的要素，同時再稍微注意節奏就好。感覺就像是自動飛行，只要決定目標地點，就可以隨著風飛行。▼這一次，我也完全想不到任何題材。這種時候，作家往往會發揮自己擅長的技巧渡過難關。長篇小說就無

法用這種招數，但應付掌篇小說應該不是問題。從另一個角度來說，這也是發揮作家資質的機會。所以，也可以樂在其中。▼

我很納悶，為什麼女人都會自卑？而且，幾乎都是對大部分男人認為無關緊要的微妙部分產生自卑。女人往往會覺得如果沒有這個缺點，自己就可以充分享受人生，因為這種杞人憂天反而影響了自己魅力，男人都是睜眼瞎，根本不必在意那些自卑。

「男人不可能了解。」

「為什麼？」

「因為，你沒有什麼地方令你感到自卑啊。」

「……」

「你看，你說不出來了吧。我告訴你，每個女人都有難以啟齒的自卑之處。」

「但是，我們已經交往四個月了，已經有好幾次做愛的經驗，也曾經一起去旅行過。為什麼妳這麼放不開？」

「因為自卑，所以才會放不開啊。」

「我已經摸過妳身體的每一個角落，也很清楚妳的氣味和味道，為什麼不行？」

「不行就是不行。」

「真是搞不懂。我說的並不是無理要求，只要是健康的年輕男人，都會有這種想法。更何況，我又不是要去陽光底下做，只要有一點燈光就可以了。想要看自己女朋友的身體，是很正常的想法吧？」

「為什麼？現在這樣已經很棒了。」

「雖然很棒，但我覺得還不夠。」

「你對和我做愛不滿意嗎？」

「沒這回事，很滿意，只是覺得應該還可以更好。」

「但我已經很滿足了。」

「我還不滿足。我們才認識四個月，彼此不可能已經達到了完美境界。以後應該會更棒，我相信，妳一定可以克服自卑。」

「為什麼要克服自卑？」

「因為，可以更快樂啊。」

「比方說？」

「比方說，我之前也提過，我們還沒有洗過鴛鴦浴，也沒去泡過溫泉。」

「泡溫泉沒問題啊……」

「妳是說穿泳衣泡溫泉吧，而且我們也沒有在光線明亮的地方做過。」

「那是因為我不想讓你看到某些地方嘛。」

「妳不需要一直強調，我已經知道是妳胸部的問題。」

「聽好囉，你絕對不要再提囉。如果你說出來，我等一下馬上就走人。」

「知道了，知道了。一直都在黑漆漆的臥室做很奇怪耶，好像是『報恩鶴』⑩。」

⑩日本民間故事。形容鶴為了報答老夫妻的救命之恩，暗中利用自己的羽毛織成織品的故事。

「那還不如說是『雪女』。比起鶴來，當個冰山美人還比較好一點。」
「無所謂啦。總之我不想在黑漆漆的地方做，對男人來說視覺的刺激很重要。」
「如果沒有刺激，你和我就做不下去了嗎？」
「沒這回事。我們現在當然沒問題，但也許有一天，會覺得性趣缺缺。」
「性趣缺缺？你這是什麼意思？」
「對不起。但是，無論再新鮮、再棒的事，久而久之，就覺得習慣了。」
「……」
「妳只要回想一下以前交往過的人，應該能夠理解這個道理。」
「的確，做愛真的會慢慢失去新鮮感。不過，喜歡一個人的心情應該不會失去新鮮感吧？」
「這就是男人和女人不一樣的地方。對男人來說，愛或是喜歡有一半來自性慾。男人不可能光靠喜歡持續一份感情。」
「你的意思是，只要在光線明亮的地方做愛，就可以永遠保持新鮮嗎？視覺的刺激不可能永遠都有效吧，遲早還是會厭倦的。」
「妳還是不懂。我只是在打一個比方，並不是說，只要在光線明亮的地方做愛，熱情就可以持續到死為止。我只是希望妳可以克服自卑，嘗試做愛的各種可能性。」

「我已經說了，我們現在已經夠棒了。我很喜歡和你做愛，已經夠好了。」

「謝謝。不過，妳怎麼知道是最棒的？我們總是按部就班，完全沒有冒險。有時候，我甚至覺得妳和我做愛的時候，根本沒有敞開心胸。」

「怎麼可能有這種事？我用自己的方式享受，我以為你也已經感受到了。」

「我並不是不知道。不過，在做愛的時候，妳好像不太願意溝通。」

「你喜歡在做愛的時候說很多話嗎？要像A片那樣做作嗎？」

「不是。妳可以告訴我，想要這樣或是想要那樣，或是今天特別舒服。妳幾乎不會主動對我發出訊息。但無論我想要做什麼，妳總是說，這也不行，那也不行。」

「因為，你老是提出一些無理的要求。」

「沒這回事，我根本沒有提出什麼無理要求，那些都是正常的情侶會做的事。」

「誰是正常？怎樣才算是正常？我曾經問過我的朋友，大家都沒有這麼做。大家都是在晚上，關了燈做愛，也不會一起洗澡。一個人洗澡輕鬆自在多了。」

「兩個人一起洗澡，並不是為了輕鬆自在。妳的朋友可能沒有對妳說實話。我周圍的朋友都這麼做。」

「哼，那些人，大部分都是花花公子。」

「喂，喂，我是說我大學社團的朋友，那裡根本不是泡妞的地方，我不是也曾經介紹過幾個人給妳認識？」

「我不想聽你朋友的事，反正我也不太了解他們。問題是我們以後該怎麼辦？」

「我知道。不過，他們真的不是花花公子，我也一樣。」

「好了，好了。其實，我也有話一直忍著沒說。」

「妳儘管說，我就在等妳開口。」

「那我就說囉。或許有點影響氣氛，不過，我希望在做愛之前，你可以用有殺菌效果的肥皂洗洗手。」

「搞什麼，原來不是關於做愛的事。」

「我是認真的，你仔細聽好了。以前，我交往的男朋友很邋遢，手髒髒的就和我做愛，結果，導致我發炎了。雖然我吃了藥，但很難治好。雖然我之前沒有告訴你，但我希望你最好每次都洗手。」

「妳就是因為這個原因，才在我家裡放那塊藥用肥皂的嗎？」

「對啊。」

「但是，在慾火焚身的時候還去洗手間很難耶。」

「我知道。如果你這麼做，我會很感激你這麼疼惜我，反而會更加熱情。」

「好吧。那我下次開始就這麼做。那妳要不要也努力看看？」

「不要。」

「為什麼？妳很過分喔。」

「因為，這是我的自卑。自卑會持續一輩子。你無法了解總是被和別人比較，長得好不好看，身材好不好這種女人自卑的宿命。」

「我當然不知道，更不知道妳為什麼會那麼在意左右兩側胸部有大有小這種事。」

「什麼嘛。不是說好不可以提的嗎？」

「因為，這樣下去，永遠都沒有交集嘛。」

「對喔，沒有交集。」

「我已經累了。隨便做一下就睡覺吧。」

「我可以關燈嗎？」

「我輸給妳了，我看乾脆戴眼罩好了。」

「好啊，那你戴吧。」

「嗯。」

# 短篇小說的寫作過程。

我是在台場某家電視台的休息室寫下這則短篇的。休息室的窗外是一片盛開著北美一枝黃花（Solidago altissima）的空地。進攝影棚錄製現場轉播節目之前，往往是注意力特別集中的時段。我獨自坐在狹小的房間內，連談話的對象也沒有。上午已經討論完節目的流程，根本無事可做。於是，向來勞碌命的我就會開始構思截稿期逼近的小說情節或是角色設定。▼這個系列只剩下三個故事了。雖說是掌篇小說集，但不知是否可以在結尾的部分，漂亮的串聯起所有的故事。以一本書的角度思考，當然希望可以在結尾的部分達到高潮。如果可以，最好運用其他作家不曾嘗試過的手法。這時，我想到的是手工蕎麥麵。▼不妨來介紹一下從什麼都沒有的麵粉和水的狀態開始，寫出一篇短篇小說的過程。然後，在下一個月再細細品嘗一下成果。然而，這種點子往往是說起來容易，做起來難。好了，好了，結果到底如何？在我寫完之後，完全沒有檢討這個問題。

一開始往往從什麼都沒有的零開始。

任何作品在起點的時候，都是什麼都沒有。

這次要寫怎樣的小說？在現階段，只知道截稿日（今天！）和字數（十張稿紙）而已。腦袋中只有一片幾乎可以抓在手上的徹底空白。所以，我會帶著CD隨身聽在街上徘徊，或是坐在咖啡店看著窗外發呆一小時，或是像這次一樣，坐在錄影開始之前的電視台休息室構思，尋找可以寫出一篇短篇的題材。

這種時候，我想的事和暑假結束的小學生差不多。在空白的稿紙前抱著雙臂，思考最近有沒有發生什麼有趣的事。

在腦海中搜尋最近佔據報紙和雜誌版面的事件和事故。我討厭那種自閉的兒子殺了全家，或是畢業生攻擊母校，還有侵佔媒體企業之類陰暗又膚淺的事件。因為，這本《掌心迷路》還有三篇故事整本書就要結束了，總希望可以在最後漸入佳境的達到高潮。

當然，搜尋的不光是社會新聞而已，也可能是朋友或周遭的人，或是在派對上認識的作家的八卦新聞（如果我修改一下主角的名字寫出來，不知道會不會被罵）。當然，發生在我自己身上的事，只要稍微改變細節部分，也可以靈活加以運用。不過，當了十年跟蹤狂的故事還是太陰暗了。對了，今天早上好像也收到了不明人士寄來的惡作劇傳真。嗯，太危險了，派不上用場。

完全沒有任何頭緒，真是傷透了腦筋。於是，我躺在榻榻米上。

昨天我把二十一本刊登之前作品的小冊子放在桌子上，把所有的標題抄了下來。感覺頗壯觀的。姑且不管內容如何，標題的品味不算太差。剛開始的時候，時間比較充裕，都是在充分構思後寫下的掌篇小說。

進入第四個月時，竟然受之有愧的得了獎，我的生活完全失控，開始陷入一陣忙亂。原本還抱著「兵來將擋，水來土掩」的輕鬆態度，沒想到整個人都被吞噬了。一個月要接受六十場報紙、雜誌和電視的採訪，根本是我之前無法想像的。截稿日依然不變，減少的只有我私生活的時間，以及落筆之前，可以好好構思小說內容的時間。

寫作變成了好像沒有做準備運動，就突然跳進冰冷的游泳池的感覺。原本以為自己根本不可能做到，沒想到，竟然寫出了還值得一讀的作品。一晚寫出五十張稿紙的事也變得稀鬆平常。這一年中，我曾經有數次在十二個小時內，寫出將近一百張稿紙的經驗。雖然和時間賽跑令我頭昏眼花，但無論如何，都不能停下腳步。如果不制伏眼前的敵人，自己就會被打敗。只能相信自己劍尖的速度，幾乎下意識的刺進最接近自己的敵人的要害。那段日子，就像是閉著眼睛，不顧一切的揮舞刀劍。

當時間充裕，截稿日在地平線的遠方時，就會想寫一些不曾有人寫過的傑作。然而，截稿日逼近時，野心自然而然的萎縮。認為只要能夠寫一篇佳作就可以了。不，即使整體乏善可陳，只要有某個點令人難以忘懷就可以交代了。最後，截稿日變成豎在眼前的巨牆。只要能夠越過這道牆，保住小命，任何作品都好。小說大神，請賜我越過這道牆的力量。然後，就像是跳高選手般，勉強越過截稿日。

不過，這不是我在哭訴，也不是抱怨。我知道，並不是每個人都會遇到這種狀況，也不是每個人都能夠順利度過的。雖然有點吃力，但還是要感受一下時代的氣息。我的進取心絲毫沒有減少。快樂的事，也有那麼一丁點。也有人認同我的工作，可見善良的讀者似乎並不少。

我站在窗邊，從休息室看著台場到處都是空地的風景。啊，差不多該具體思考短篇小說的架構了。這幾個月來，一直偷懶的用第一人稱寫作。這一次，為了使作品有點變化，要用第三人稱來寫。最好不要想到什麼，就寫什麼，而是要認真構思後，寫出一篇有質感的故事。

如果沒有新題材，時下流行的話題也不錯。設定成靜音的電視正在播日本電影的廣告。最近，好像許多電影都有幽靈出現。而且，幾乎都是一成不變的的模式——純真的幽靈出現在家人面前，為自己的死道歉，都是催人淚下的鬼故事。

我在A４影印紙上寫了「幽靈」兩個字。然後，畫了一個箭頭，在空白的地方寫上

「我討厭年輕漂亮、純真的幽靈」。這時，腦袋裡破舊的小說引擎搖搖晃晃的開始轉動。我似乎找到了一個關鍵字。

電視上正在播放我要參加的節目之前的節目。嵐的櫻井正潛入海中採鮑魚。他的臉色蒼白，嘴唇發紫。現在的偶像太辛苦了。相較之下，我可以在節目之前構想短篇小說，實在是輕鬆多了。

我嘗試把第二次寫的那句話用各種方式寫成一小段文字。其中有一句「死後也要說謊的幽靈」。因為不年輕了，所以，把主角設定成中年男子吧。他因為某種原因暴斃了，變成幽靈後，再度回到這個世界。他變成幽靈不是為了傳達真相，也不是出自於真心，而是為了要圓自己生前所說的謊。

到此為止，還沒有成為小說。不過，已經八九不離十，小說核心的橋段已經成形了。這是最困難的步驟。只要掌握成為小說核心部分的趣味性，就可以穩操勝券。之後，再補充一些細節，描寫各種狀況，增加新的人物，運用各種方法來豐富情節。也許，可以結合一個帶有諷刺意味的人生警世格言。我很擅長這一招。

中年男子變成幽靈後，要出現在哪裡？到了這個階段，我已經情不自禁的哼著歌。這還用說嗎？當然是去找妻子和情婦囉。為什麼要這麼做？嘿嘿嘿，當然是因為妻子和情婦以前是同一家公司的同事，也是好朋友。男人以前是這兩個女人的上司。妻子和男人結婚後離職，但情婦還留在公司，至今仍然在男人的手下工作。

想像力太不可思議了，只要跨出第一步，之後就像永動機一樣，越來越快速的轉動。一個戴著眼鏡、神情黯淡的男人臉浮現在我眼前。頭頂有點稀疏（這一點，即使在變成幽靈後，仍然沒有改變），身體很乾癟，肩膀和胸膛都瘦巴巴的，只有肚子挺了出來。我在白紙上寫了「腹」這個字，立刻接下去寫成「腹上死」⓫。原本只是文字聯想，但或許是一個不錯的開頭，很有震撼力。和外遇對象約會時，男人突然昏倒了。到底要丟下男人逃走，還是不顧外遇可能會曝光，為男人叫救護車？可以多寫出一個內心糾葛的橋段。

由於是出差住宿的飯店，所以，地點是某家商務飯店。季節最好是春暖花開的時候。染井吉野櫻的花瓣黏在救護車的擋風玻璃上，或是在葉櫻⓬下突然停下的紅色旋轉燈。這兩個畫面都很不錯。

妻子和情婦的年齡設定在比丈夫小五歲，也就是剛過四十歲左右的年紀。用典型的角色分類——妻子是居家型的女性，而外遇情婦則是上班族女郎，來做明顯的區隔。如果設定得太複雜，只怕十張稿紙會無法交代清楚。

故事最好一開始就進入高潮。

男人在一開始就暴斃，在一陣慌亂後，妻子出現在情婦面前。為了不破壞兩個女人的幻想，男人拚了老命出現在她們面前。這個男人好像越來越值得同情。我在文章旁邊畫了兩道像伍迪．艾倫那樣的八字眉。同時，也畫上了身材豐腴、線條柔和的妻子，和身材苗條、曲線玲瓏的情婦的身體曲線。由於兩個女人的對比太強烈，男人無法放棄其中的任何一個。

男人到底會對兩個女人說什麼謊言？即使變成幽靈後，他也會繼續信口開河。人死一次，根本不會汲取教訓。對女人來說，男人的謊言就像是可以清楚看到底部的淺灘。

到了這個地步，接下來只要加入細節就完成了。我忘了，該取什麼名字？「死也要說謊的男人」？說明得太清楚了。

「笨蛋死了也是笨蛋」。太平淡無奇。「春夜的謊言」。日本人的壞習慣就是什麼都要扯上季節。「臨終的謊言」。不錯，但還需要加把勁。那「臨終和臨終的前一個謊言」怎麼樣？這個標題應該很適合倒數第二個作品吧。

至於這個短篇是怎樣的故事，下個月敬請期待囉。

⓫也稱「馬上風」。
⓬櫻花飄落後，只剩下嫩葉的櫻花樹。

臨終
和臨終
的前一個
謊言。

我出道不久的一九九九年，曾經寫過有幽靈登場的長篇幻想小說《天使》。那是我的第一個長篇，主角純一是負責基金操作的幽靈。在那部作品中的幽靈都具備了符合各自性格的特殊能力。▼我給純一的能力是與電力有關。只要用意念，就可以隨意控制電器的開關。光是想像一下，就知道這種能力很方便。電視、DVD、冷氣和音響這些電器都不再需要遙控器。因為那些遙控器往往會在重要的時候不見蹤影。▼純一死後，繼續運用這種能力，拚命保護自己的女朋友。然而，在抱著必死的決心打敗敵人後，才發現有關自己死因的悲慘事實。這是我第一篇長篇小說，所以，曾經多次修改。每次看最後五十頁時，都會忍不住流淚。我這個人頭腦簡單，經常被自己寫的書感動到哭。這個掌篇集中，也有幾篇令我鼻頭酸酸的。不知道這該稱為自作自受還是自導自演，寫小說實在是很奇怪的工作。

谷原行弘大汗淋漓的下了床，在走向房間內的冰箱途中，頭部的中心突然爆發出劇烈的疼痛。他甚至無力用手抱頭。當他倒在床邊的同時，和情婦一起吃的義大利料理頓時吐在飯店的地板上。

（完了。）

行弘的母親年輕時，因為腦溢血過世了。他有預感，自己或許也會發生這種情況，沒想到，竟然和情婦在飯店共度春宵時發生了。疼痛越來越劇烈，行弘朦朧的意識也到此為止。意識好像順著漆黑的樓梯滑了下去，很快就失去了知覺。

下一剎那，行弘在高高的天花板角落看著這間雙人房。自己的身體在地上抽搐著，不光是吐了一地，還失禁了。地毯上濕了一圈。只有白色的鮪魚肚拚命上下起伏著。

（我就用這個姿勢死去嗎？）

行弘極其冷靜的看著已經失去靈魂的軀體。

「怎麼了？是什麼聲音？」

浴室門一打開，水越美苗用毛巾裹著身體探出頭。她身材曼妙，頭上還戴著浴帽。行弘從斜上方的空中出神的看著美苗。這兩年，比起妻子基子，他和美苗在一起的次數更多。

美苗發現行弘倒在床邊，立刻渾身發抖。她蹲了下來，把手放在他胸前，發現他的心臟似乎還在跳動。她從行弘的身上跳開，抓起丟在沙發上的手提包，拿出手機，打開手機蓋。美苗準備打一一九，看了看一絲不掛的行弘，又低頭看著自己還沒有擦乾的身體。擁有相同祕密的行弘深切的知道她在想什麼。一旦叫了救護車，他們的外遇也許就會曝光。然而，如果見死不救，所愛的男人或許會在自己眼前死去。

（反正我已經沒救了，趕快穿衣服走人吧。）

行弘在雙人房的天花板上大叫，但美苗似乎完全聽不到。沒有了軀體，就無法發出聲音。行弘慢慢從空中飄了下來，靠近自己的軀體。行弘伸手觸摸痙攣的胸部，立刻像捲入風暴般被吸進了瀕死的軀體。劇烈的頭痛再度襲來。右手不自覺的抬了起來，用力敲著地板。美苗聽到這個聲音似乎清醒過來，按下了電話號碼，叫了救護車。

行弘再也無法忍受疼痛，衝出了污穢的軀體。

救護車在溫暖的春夜急奔都中心的急救醫院。行弘的身體躺在擔架上，打著點滴。他的瞳孔已經放大，臉部肌肉失去了支撐，無力的垂了下來。才短短的十五分鐘，好像老了二十歲。自己真的就這麼死了吧。

美苗穿著一套深藍色的長褲套裝，坐在狹小的救護車上。行弘想起妻子基子和囉嗦的父母。而且，基子和美苗是同時進公司、認識十幾年的好朋友。無論如何，都必須隱瞞到底。美苗傷心欲絕。行弘為無法對她傳達任何話就離開人世感到極度懊惱。

既然剛才可以活動右手，那麼很值得再試一次。行弘緩緩進入躺在白色床單下的軀體。頓時頭痛欲裂，然而，他仍然想留下臨終遺言。當他回過神時，發現上半身坐了起來，面對著坐在腳邊的美苗。

「谷原先生，谷原先生，你不要動，馬上就到醫院了。」

救護人員一邊叫著，一邊按下行弘的肩膀，想讓他躺下來。行弘全力抵抗，看著美苗說：

「我只愛妳，在我生命的最後一刻，我想和妳在一起。如果有來世，我們一定要在一起。」

美苗哭著點點頭。頭痛越來越無法忍受了，他無法繼續停留在這個身體上。

「接下來的事，就拜託妳了。要隱瞞……隱瞞到最後……」

行弘一離開，就聽到身體「咚」的一聲倒了下來。一旦失去靈魂，即使有呼吸、有心跳，軀體也已經成為軀殼。行弘隨著自己的軀殼和哭泣的情婦，在春夜中被送進了醫院。

他到醫院一個小時後，基子才從橫濱趕到。行弘的軀體在ＭＲＩ的空洞中前後移動，但他其實是坐在檢查室外的沙發上。因為，美苗渾身緊張的坐在那裡。

「美苗……」

基子從走廊深處跑了過來。美苗的臉上閃過一陣緊張。行弘也心痛不已，但下一剎那，兩個女人用力抱在一起。美苗哭著道歉：

「我明明陪在行弘身旁，沒想到還會遇到這種事，對不起。」

在東京因為開會時間太長而耽誤行程時，行弘經常住那家商務飯店。行弘和美苗是同一個工作團隊，也經常一起出差。

美苗十分優秀，在工作上是行弘的左右手。這一次，她也在換好衣服後，先走出門外，再找來飯店人員，請他們打開房門。

美苗打算解釋成行弘在他們準備討論工作時昏倒了。在檢查結束前，基子無法看到行弘的身體，便向美苗詢問他昏倒時的情況。

「他這幾天都說頭痛，沒想到，突然就昏倒了，他那時候在幹什麼？」

妻子紅著眼問情婦。

「不知道。飯店的人發現時，他身上沒有穿衣服，可能在洗澡吧。下午一直都在開會，部長看起來很累的樣子。」

「是嗎？聽說是蜘蛛膜下腔出血。」

「我想，等一下醫生會向妳解釋，聽說那個位置不容易動手術，只能靠生命維持器，打降血壓的點滴。」

兩個女人再度相視哭泣。

「我爸媽馬上就會趕過來，美苗，妳先走沒有關係。謝謝妳特地陪他到醫院來，接下來，我會負責照顧他。」

美苗愣了一下，從樹脂沙發上站了起來。雖然很不想離開，但還是從昏暗的走廊離開。如今，已經無法為行弘做任何事。表面上，他們只是公司的上司和下屬，也許，以後也不太能來這裡探視他了。

幽靈只有目送著從走廊上漸漸遠去的苗條身影。

那天深夜，行弘的軀體躺在加護病房的病床上。因為打點滴的關係，他的臉腫得不成人形，微微張開的眼中莫名其妙的流下了眼淚。室內放著一張簡易床，基子坐在上面。她伸出手，撫摸著行弘的小腿。她的喃喃自語在夜晚的醫院內顯得格外大聲。坐在桌旁的行弘驚訝得跳了起來。

「……為什麼和她在一起的時候昏倒？為什麼不是在家裡？你為什麼選擇了

她？」

基子原本撫摸小腿的手突然擰著行弘的大腿。她流著眼淚，折磨著身體已經無法動彈的軀殼。原來，她知道自己和美苗的事。基子每次擰他，身體就感覺到隱隱的疼痛，難道是背叛基子所感到的良心苛責？應該也要留給妻子臨終的遺言。他進入靠人工呼吸器維生的肉體。然而，身體本身已經無力，他用盡力氣，也只能微微抬頭。聲音像破舊的笛子。

「基子，謝謝妳。我最愛的就是妳。對不起，沒想到我的生命會以這種方式結束。」

才半天的時間，妻子豐腴的臉頰已經凹了下去。她抱著丈夫的脖子，流下了眼淚。他很意外，向來鎮定自若的妻子竟然像慌亂的野獸。

「說謊。不過，即使你說謊、即使你外遇也沒有關係，你要好好活下去。即使你再過分，再怎麼傷害我都沒有關係。求求你，趕快活過來，再用謊言來騙我吧。」

行弘冰冷的眼淚流個不停。他和基子結婚已經十七年，沒有生下一男半女。他發自內心的感謝妻子。行弘再度潛入看起來像是他人的自己軀體，想要在臨終傳達真正的心意。

再見、再見、再見。

每個月的連載持續了兩年，每次都寫十張稿紙的掌篇小說。這份工作比想像中更加辛苦。然而，實際完成後，我發現一件事——我喜歡寫掌篇小說。以後，當我體力衰退，覺得寫長篇和連載小說太累時，不妨每個星期寫一本掌篇小說，好好享受其中的樂趣。我很認真的思考，二十五年後我要過這樣的生活。▼我決定，要在最後一篇說再見。不是向人，而是向那些在不知不覺中，從身邊消失的物品說再見。自己心愛的東西會深深的烙在生

活的細節中，描寫這些物品，就等於根據年代回憶我的故事。▼

於是，我選擇了錄放音機、腳踏車和文字處理機。該怎麼說，我選擇的物品似乎無法令人眼睛為之一亮，但這也是無可奈何的事。因為，我是書房派的，只喜歡寫作、音樂和散步。從小時候開始，我就只做自己喜歡的事，任性的過日子。謝謝各位很有耐心的看完這本很私人的作品。希望有朝一日，我們可以在其他掌篇小說中再相聚。

無論多麼珍惜，我們身邊的物品都會消失不見。而且，通常都是在不知不覺中不見蹤影。如同大象會悄悄的走向自己的墳墓般，那些物品也會根據自己的意志，從舞台上消失。

上國中時收到入學賀禮的派克鋼筆；高中時當成入學賀禮的精工錶；還有女朋友送的圍巾和毛衣之類的，不計其數的東西在我身邊停留一陣子後，再度離我而去。

這一次，我選擇其中的三樣東西，作為最後一次的離別致詞。感謝（少數）長期閱讀的各位讀者，這種小冊子可以讓作者充分發揮，因此，比報紙、週刊雜誌等大文字的媒體更優秀。每次的十張稿紙都讓我得以自由發揮，是一次很愉快的經驗（當然，也曾經吃過苦頭）。每個月一篇，持續兩年的連載感覺就像作夢一般，然而，一旦結束，感覺有點像是夢境的記憶。張開眼睛後，一切都消失不見了。請各位安靜的、悄悄的，帶著放鬆的心情看最後一篇。

我讀國中的時代，很流行錄放音機。

可以用錄放音機聽深夜的廣播節目，也可以錄FM廣播，了解西洋音樂的最新情報。十三歲的年齡感興趣的不是音樂課學的西洋藝術，而是青春流行音樂。

為了買我喜歡的錄放音機，我把每個月的零用錢都存了起來。五月的某個夜晚，當我躺著翻閱已經看了幾百次的目錄時，下班回家的父親說：

「你這麼想要嗎？」

我沒抬眼就回答：

「對啊，我已經存了超過一半的錢，再存一點，就可以買了。」

「是喔。跟我出去一趟。」

我跟著父親去附近的電器行。玻璃櫥窗內，放著甚至出現在我夢境中的三洋「REC8000」，每一個按鍵似乎都在閃閃發光。

「你要買給我嗎？」

父親點點頭，我把之前存的零用錢全都遞給父親。胸前抱著大紙箱踏上歸途的興奮心情，和春天柔和的夜風，至今仍然印象深刻。

回到自己的房間，立刻插上插頭，打開收音機的開關。調到FM廣播時，DJ正在介紹曲目。我想試用看看，便把店家附送的錄音帶放進去錄音。黑人歌手用沙啞的聲音唱著中慢速的歌曲。當時聽到的〈Show & Tell〉（Al Wilson）至今仍然是我喜歡的歌曲。

之後的七年期間，只要我醒著的時候，就會用這台錄放音機聽音樂。一個小時聽十首，以一天八小時計算，每天就是八十首，一年有兩萬九千首。七年期間，我總共聽了超過二十萬首流行音樂。錄了音的錄音帶也超過五百盒。總之，我這個人很容易入迷。

那個原始的單聲道錄放音機培養了我喜歡音樂的基礎，那是在CD等數位音樂出現很久以前的事，任何音樂都帶著隱約的雜音，就像回憶中的某個場景般揮之不去。

那台三洋REC8000也在不知不覺中消失不見了。

再見了，錄放音機。

我就讀的是都立的升學高中，必須搭公車轉電車才能到學校。我討厭公車和電車，於是，又開始存零用錢。這一次，我的目標是腳踏車。我曾經在《4TEEN》中提過，我很喜歡腳踏車。

我想要買的是標緻的公路車。使用了Reynolds 531鉻鉬鋼骨架，有十段變速，圓管式的輪胎只有大拇指的寬度（雖然騎的感覺一級棒，但很容易漏氣，我經常在高中的腳踏車停車場灌氣）。

我永遠不會忘記那輛車送到家時的事。因為，輕得簡直就像是羽毛。只要用兩根手指放在骨架上，就可以輕輕鬆鬆舉起來。我每天都像風一樣騎著這輛比賽用的公路車，在單程十公里的路程上奔馳。真不愧是比賽專用的車，連我也可以輕輕鬆鬆的飆到時速四十公里，常常不費吹灰之力就超越了公車。

我喜歡雨，夏天下陣雨時，我總是興奮的特地繞遠路回家。中途要經過一座跨越送水路，長達一公里的大橋，有時候可以看到雲端露出彩虹，是令人享受歸途中愉快的一刻。

之後，我漸漸不再騎這輛比賽用的公路車，它也不知道消失去了哪裡。

再見了，腳踏車。

大學畢業後，我過了幾年自由業的生活。剛開始我進了一家廣告製作公司，適逢文字處理機的普及期，公司命令向來習慣手寫的我學習使用文字處理機。

當時，我使用的品牌是Canon。之後，我大部分的稿子都是用Canon α系列的文字處理機寫的。我在家裡也買了一台，用於寫工作以外的文章（打工的稿子和廣告文案等）。

那是一九九六年春天，我受到一本隨意翻閱的女性雜誌的刺激，用這台文字處理機寫了第一篇小說。第一篇驚悚短篇雖然進了最終評審階段，但還是慘遭滑鐵盧。第二部現代小說（純文學？）也擠入最後五篇入選作品，卻再度名落孫山。我寫的第三本青春推理小說，就是《池袋西口公園》。很幸運的，這部作品得了獎，也成為我第一本問世的作品。

新人獎截稿期前幾天，我已經寫完了這部出道作品，在我修改的時候，竟然因為操作失誤，讓整篇小說都不見了。這個打擊實在太大了，妻子發現我倒在公寓的走廊，把她嚇壞了。

「你怎麼了？怎麼睡在這裡？」

「我好不容易完成的小說有一半不見了。」

那台文字處理機的每個檔案的最大容量是四十二張稿紙。我只剩下三天的時間。那天晚上，我奮發圖強，努力回憶之前寫的內容。人被逼入絕境時的能力無法估計，我只花了一個晚上，就幾乎完整重現了四十二張稿紙的內容。

而且，第二次是在回憶的同時重新寫作，不僅寫作速度加快，文字也更順暢，比後半部讀起來更容易理解。之後，我再努力將剩下的六十張稿紙的內容和前半部的內容銜接起來。

老實說，我不太喜歡電腦，在出道後推出第三部作品之前，我都一直用文字處理機寫作。其實，這篇文章也是用橫打的方式輸入的，這是我在使用第一台文字處理機的黑白液晶畫面時所養成的習慣。

以前，我都是用快遞把磁片送去出版社。現在，我也加入了電腦族，但至今仍然無法適應電腦中的文字處理機軟體。

無論性能和操作都還無法和真正的文字處理機相比。現在我都用電子檔傳送稿件，已經離不開電腦了。但切換成漢字的速度不能再快一點嗎？而且，輸入的方法也應該更有彈性。

然而，這台值得紀念的文字處理機，也在不知不覺中消失不見了。

再見了，文字處理機。

這本《掌心迷路》也終於接近了尾聲。

小說的結尾和小說的開始一樣難。當然，並非沒有捷徑，那就是回到第一篇故事。

這本掌篇小說集的第一篇故事，是我的真實經驗。昏迷住院的，是我的母親。寫著數字的白板也確有其事。有朝一日，我要寫成小說，就要寫這件事。我坐在加護病房外的長椅上這麼想。所以，我想把這本書奉獻給亡母，石平貴美。

再見了，母親。

國家圖書館出版品預行編目資料

掌心迷路－石田衣良極短篇 / 石田衣良著；王蘊潔譯. -- 初版. -- 臺北市：皇冠, 2009[民98].1
面;公分. --(皇冠叢書；第3882種)(大賞；026)
譯自：てのひらの迷路
ISBN 978-957-33-2566-6(平裝)

861.57　　98012863

皇冠叢書第3882種
**大賞｜026**

# 掌心迷路
## ——石田衣良極短篇
### てのひらの迷路





作　　者—石田衣良
譯　　者—王蘊潔
發 行 人—平雲
出版發行—皇冠文化出版有限公司
台北市敦化北路120巷50號
電話◎02-27168888
郵撥帳號◎15261516號
皇冠出版社(香港)有限公司
香港灣仔駱克道93-107號利臨大廈1樓
電話◎2529-1778　傳真◎2527-0904
出版統籌—盧春旭
責任編輯—許秀英
版權負責—莊靜君
美術設計—王瓊瑤
行銷企劃—李邠如
印　　務—陳碧瑩
校　　對—陳秀雲・余素維・許秀英
著作完成日期—2005年
初版一刷日期—2009年8月

法律顧問—王惠光律師
有著作權・翻印必究
如有破損或裝訂錯誤，請寄回本社更換
讀者服務傳真專線◎02-27150507
電腦編號◎506026
ISBN◎978-957-33-2566-6
Printed in Taiwan
本書定價◎新台幣280元/港幣93元